秘愁

竜胆一二美
RINDO Hifumi

文芸社

目次

秘愁

序

幼き日の出来事はあまりにも朧気すぎた。思い出そうにも幾つかの場面が、切り絵のように浮かぶだけでそれさえ心許ない。しかし、五つ違いの姉は昔のことを驚く程よく覚えていて、当時に聞いた先祖の話や状況を子細に記憶しているのであった。

私も家を離れ帰省した折に、生前の父から聞きかじってはいたのだが、詳しく聞きはしなかった。その頃は若さゆえの未熟さで興味はなかった。

私にとってこの世に生を受けて半世紀を経た現在(いま)、ようやく興味が湧き先祖が歩んできた歴史を知りたいと思うようになった。

本家に保存されていたであろう家系図は、長い歳月の中で度々起きた火災で焼失、あるいは戦などのどさくさで失われ手元にはない。

その思いを姉の鮮明な記憶を元に、想像を交じえながら知り得る限りを繋ぎ合わせて見た。

和倉家の先祖は古くは京の都で、由緒ある武家であったとか。その先祖が如何なる理由で京から信濃へ下ったのかは古い『増鏡』『日本書紀』に、その件(くだり)が記されているらしいが定かではない。当時の世の中は身分の違いで成り立っていた。その風潮は終戦を期に大きく様変わりしていく。

姉が四、五歳頃に目にした本家での出来事がある。雨の中を村人の一人が、祖父である家長の和倉多一郎に頼みごとがあり訪れた。当時の家屋は大きな木造建てで、屋根は厚い藁屋根であった。その藁屋根が突き出た軒先の外に、村人は着て来た蓑を脱ぎ体の脇に置き、片膝を立て両手をつきお辞儀をしたままの姿勢でいた。祖母がひさしの中へ入るように勧めても入ろうとはしない。姉にはその場面が不思議な光景として、脳裏に刻み込まれた。

数百年の昔、世の中は平安の世とは言い難く、朝廷は律令制を日の本の隅々まで行き渡らせる為に、選りすぐられた武人を各地へ派遣した。その中の一人に先祖が任命される。向かう先は信濃の〝埴科(はにしな)の里〟である。その折に帝より菊のご紋入りの太刀ひと振りを賜り任地へ赴いた。

刻は流れ何代か後の当主はこの地を治めているうちに権力争いや、土地争いなど醜い争いを目の当たりにし、ほとほと嫌気がさした。この時代にはあるまじきことではあるが、朝廷に財産を返上し平民に下ったのである。その勇気を褒め称え毎年恒例の春祭りには、お城へ土足のままで立ち入りを許され、ご褒美として一杯のお神酒を下された。多一郎も跡取りになってから数度出向いたと聞く。

祖父は幼い頃より利発で、近隣の村の中でも秀でた存在であったらしい。若い頃は松代の文武学校で勉学を許されたが、文武学校が廃止になった後は東京の早稲田大学（大隈重信が創立した東京専門学校）の聴講生として、お金の続く限り通ったという。

さて、ご先祖様の身分とは関係なくこの世に生を受けた瞬間から、私は私に与えられた人生を歩き出していた。

歳月は流れ久しぶりに顔を合わせた私達姉妹三人は、姉の提案で一泊旅行をすることになった。お互いの住まいが遠く離れていた為、数年に一度しか会えない。

平成二十一年、春真っ盛りの四月、実家から小一時間の渋温泉へ出掛けた。ゆっくりと湯に浸かり、夕食は程よく冷えたビールと美味しい料理を堪能し床に就く。すっかりリラックスした中での話題は、自ずと幼い頃へと遡ってゆくのである。

蒼き出発（たびだち）

昭和二十二年、私は長野県の片田舎で産声を上げた。物心がつく頃まで、我が家は借家に住んでいた。家主の阿川さん夫婦は自営業を営み、私と同い年の悦子ちゃんと弟との四人暮らしであった。

阿川家は村の中でも珍しい三階建ての屋敷を構え、敷地は奥行きが深い。道路から小さな石橋を渡り、瓦屋根の重厚な木造の立派な門を潜ると庭があり、庭の先に阿川家の住居がある。私達が住む借家は屋敷の裏手にある。借家は斜めコの字型に建ち、真ん中の家が我が家であった。物置同然の借家に父は便所と五右衛門風呂を造った。

また家と家の間には大きな柿や杏の木、地続きの反対側は肥溜めつきの便所や物置などが並ぶ。その中央の畑と畑の間にも小屋があり、周りは住人の生活通路になっている。通路は雨や雪が降るとひどくぬかるんで、歩くのも不便極まりない程の悪路。また晴天が続くと乾燥した土が風の日には砂埃を巻き上げた。そんな劣悪な環境であっても、大人も子供も愚痴を溢す者はいない。

阿川家の前と両横は塀で囲われていた為、裏に位置した借家はすこぶる風通しが悪い。家の横と裏は柿の木やサンチンの巨木が数本天を衝く程の高さで生い茂る。右横は他家の牛小屋の土壁で遮られ、家の裏は子供の丈以上に伸びたミョウガや、蕗林が境界を区切り地続きで林檎畑が広がる。

絞れば滴る程の湿気を含んだ空気が、むわっと肌にまとわりつく真夏。私達一家の上に悲劇が音もなく忍び寄ってきた。

白い装束に身を固めた人間が突然やってきた。狭い家の中も外も消毒液の臭いでむせ返った。気がつくと父と母の姿はなく、姉と私は父の本家に引き取られ、真夏の盛りを過ごすこととなった。

本家はじやん（祖父）ばやん（祖母）を筆頭に、長男の伯父夫婦と子供が男女合わせて九人。私の従兄弟達である。食事は台所の板の間で一緒に摂り、夜はじやん達が眠る部屋で休んだ。その時姉は小学生で私は就学前の、年端もゆかぬ子供であった。学校が夏休みに入ったばかりの頃だと、姉は記憶している。幾日か過ぎた時、伯父は私達を阿川宅裏の自宅へ連れていった。汗がじっとりと体中にまとわりつく。部屋の中は薄暗く、湿気を帯びた空気が重たげに淀んでいた。ガランとした部屋の中は、ちゃぶ台一つ置かれていない。陽の入らぬ居間の中央にぽつんと白磁の小さな壺が置かれていた。伯父はその前に私達を座らせると壺の蓋を開け、中から無造作に取り出した白い破片を次々と目の前にかざし、

「ほれ、これが和幸の骨だ。これは喉仏、これは……」

伯父が骨壺から掴み出すか細い小さな骨。仄暗い静寂な空間に浮かび上がる弟の骨片。その光景は幼い私が受けた、一番初めの残酷な記憶なのかもしれない。私と姉は瞬きも忘れ、骨になった弟をじっと見つめた。私は弟の死をのみ込めないまま、目の前に展開され

る有り様を心の深層に刻みつけていく。

この夏は特に暑く、気温が日々上昇する中で弟は恐ろしい伝染病に罹った。弟の具合が悪くなって母は村の医者の許へ走った。しかし医者は病名も分からずいい加減な治療をした。病状は悪化の一途を辿る。たまたま往診に来ていた町の医者が立ち寄り、診察の結果、恐ろしい疫痢と判明。医者の手当ても間に合わず、弟はあえなくこの世を去った。運悪く父や母からは赤痢菌が検出され、両親は避病院（隔離病舎）への入院を余儀なくされた。

農業を営む家は子供といえども貴重な働き手である。姉はそれなりに手伝うことが出来るが、私はまだ幼く厄介者として扱われた。伯父夫婦から見れば自分の子は別として、私は只飯食いの邪魔な存在でしかない。私達にしても家を離れて囲む食卓は初めてであった。

当主のじゃんの食事は居間でとり、膳は漆塗りの二の膳つきである。女子供は台所の板の間で食卓を囲む。大勢の食卓は凄まじい。うっかりしているとおかずなど、瞬く間に皿だけになった。

働きのない私は食卓につく度に、長男の嫁のお稲から辛辣な言葉の直撃を受け続けた。

「このガキはよく食うな。働きもしやがらんと」

山村の農家出の嫁の言葉は汚く、憎々しげな口調にトゲが混じる。生来私は食いしん坊で、家に居た時と変わらない食欲を示したのである。茶碗を出す度に口汚く罵られ、満足に食事を与えて貰えなくなった。

祖父は伯父夫婦の目の届かぬ所で、姉に小銭をそっと握らせ、

「いいか、とやん達に分からんように何か買って食べれ」

当主とはいえ隠居の身のじやんには、面と向かって長男夫婦を叱咤出来なかったようだ。

「畑が草だらけだぞ、草くらい取れ！」

伯父の怒鳴り声が飛ぶ。千曲川の河川敷に両親の耕す畑があった。主のいない畑はたちまち雑草が我が物顔で生い茂った。姉がアカザやスベリヒユの取り方を教えてくれる。砂地の草は取りやすいが、すぐに飽きて砂と遊び虫を追いかけた。

「姉ちゃん、腹減ったね」

足を投げ出し私は姉に訴える。姉は黙って立ち上がり、丸ナスの実をもぎスカートの裾で汚れを拭き、私の小さな手に握らせた。

「食べていいよ」

「姉ちゃん、うめえなあ」

夢中でかぶりつく。甘くはないが生の青臭い味が口中いっぱいに広がった。じりじりと照りつける太陽の下、汗にまみれた幼い顔に久しぶりの笑みが零れる。

薄暗い部屋の片隅にシミーズ姿で私はうずくまっていた。外は明るくサンサンと太陽が降り注ぐ。家人は誰一人いない。皆田んぼや畑に出ているのだ。学校が夏休みの今、子供達も田畑に駆り出され家にいるのは私だけ。湿気で淀んだ空気が体中にへばりつく。何かを考えることも、どうしてこうなってしまったのかなど私に理解出来る筈もない。空腹はとうに峠を越え、ただ無様に転がり時をやり過ごす。今日がいつなのか、明日が何曜日かも分からず、父や母はいつ迎えに来てくれるのだろうか、などと考える思考さえ育っていない程の幼い私であった。ただ無限とも思える今のこの刻を、痩せ細った小さな身が受け止めていた。この刻がどのくらいだったのか、私はほとんど覚えていない。来る日も来る日も私は、部屋の隅にうずくまっていた。

外から何かが聞こえた。耳に届くその気配に私は鋭く反応した。それは懐かしい母の声であった。ふらつきながら起き上がり、声のする方へよろよろと向かう。

「母ちゃん、腹減ったあ!」

母の顔を認めた瞬間に、私は土間から転がるように飛び出した。振り絞るように叫びながら母の胸へ縋りついた。記憶の糸はそこで途絶え、その時が朝なのか、昼なのか、夕方近くだったのか定かではないが、私の視界には母の姿しか映っていなかったのである。

腹減ったあ!――、幼い私が発した生への叫び声。母はあの時どんなにか辛い思いで受け止めたに違いない。言葉なく母は私をしっかりと抱きとめた。

阿川家の借家時代に姉は多感な時期を過ごした。私はまだ年端もゆかぬ年齢で、辛さや苦しさを身に蓄えることはなかったが、姉は違っていたようだ。喜怒哀楽が芽生え始めつつあるこの時に姉は、私が生まれたばかりにその小さな体と心に、過酷な体験を受ける羽目になったのである。

戦争がなければ私達一家は疎開せずに、川崎の地で幸せな生活を営んでいた筈である。父は日本鋼管直属の会社に勤めていた。縁あって母と結婚し姉が生まれた。折しも太平洋戦争が始まっていたが、まだ平和な暮らしを維持していた。戦局が次第に悪化し始めると共に、戦争へ駆り出される男達が増えていった。

父は手先が器用で船に関わる仕事をしていたようだ。その父の許へ赤紙が来た。そこで父は生まれ故郷である長野へ妻と娘を疎開させる決心をした。

父の実家は、その昔は村でも有数な豪族であった。が、先祖は諸事情で、財産のほとんどを失ってしまったようである。

私の父は和倉多一郎とその妻越路の間に授かり、五人兄姉の末っ子として生を受けた。国民学校を出た父は働き口を東京方面に見いだし、後に妻となる住吉津勢と結婚した。父が二十五歳、母は二十六歳だった。この一つ違いの姉さん女房は〝金の草鞋を履いてでも探せ〟の諺がある程尊重された。

母の娘時代は写真でしか知らないが、生まれは北海道の江差で、彫りの深い優しい顔立ちのすらりとした日本的な美人だった。そこから察すると私は典型的な父親似だといえる。縁があって二人は結ばれた。結婚してから父は母に恋をしたようで、

「俺は母ちゃんの顔を、よく盗み見たものだ」

私が物事の善し悪しを分別する年頃の娘になり、父と二人きりの時にポツリと漏らした一言があった。その時私は、

ああ、父はとても母を愛しているのだな――、と、母に対する父の心を初めて知り、微笑ましく思った。

実家は長男が継ぎ、次男以下は分家として村の近隣に世帯を構えていた。故郷に疎開した両親は二、三日実家に身を寄せた後に、借家をお宮の近所に見つけ、父は出征していった。親娘の生活は会社からの給料（出征中は給料の基本料金が支払われていた）で営まれ、母は娘を育てながらのどかな田舎で父の帰りを待った。阿川家の裏へ住まいを移したのは、父が戦争から戻った後のことである。

昭和二十年八月十五日太平洋戦争終結。父の戦地はカムチャッカ（樺太の上）のショム

シュ島という所だった。この島はロシア軍を本土に上陸させない為に、北方領土の最前線の守りをしている由の手紙が、政府から家族の許へ送られて来た。

終戦から数か月後、木々が緑を散らした季節に父は帰って来た。小学生になっていた姉は写真の父しか知らず、

「美也子、お前の父ちゃんだよ」

母に言われても姉が納得する筈もない。

「違うわい。あたいの父ちゃんじゃない。ほら、あたいの父ちゃんはこれだい」

急いで家の中から持ってきた写真を、目の前にいる父に突き出して見せた。

写真の中の父親と突然現れた兵隊姿の男を、姉が同じ人物だと認識するのにはギャップがありすぎた。数年の隔たりは日を追うごとに埋められていき、雪が降る頃には当たり前の親子関係が築かれていた。まるで留守にしていた数年間を埋めるように、父は一人娘を可愛がった。翌年の夏頃に父は、
ちょっと東京へ行ってくる――、と、母に告げた。会社からは疲れを癒し体調を整え次第、いつでも復帰して欲しいと要請が来ていた。

東京へ戻ろう――。母は父に再三進言した。東京に帰ればまた昔のように穏やかな生活が営める。妻の言葉に父はその都度迷ったようだ。五人兄姉の末っ子に生まれた父は実母

に溺愛されて育った。父も母親に甘えて育ち小学校の高学年になるまで、母親の乳房に吸いついていたという。伯父は常日頃から父を妬んでいた。末っ子のくせに綺麗な嫁を貰い一流会社に勤め、自分よりも余裕のある生活を営んでいると。元の職場に復帰しそうな気配を見せる父に、伯父は卑劣な手を使い、復帰を阻んだ。父の弱点は母親だった。

東京は空襲で焼け野原になっている、今戻っても敵の真っ只中へ行くようなもので、男だって何されるか分からないし、女子供はみんな殺されてしまうんだぞ。そんな所へ帰してもいいのか——。事あるごとに母親の耳に恐ろしい出鱈目を吹き込んだ。田舎しか知らない母親は半狂乱になって、父の東京行を反対した。再三にわたる母親の涙ながらの訴えに、とうとう根負けした父は、母に内緒で留まる決心をしたのである。

東京へ出発した父を、母は復職する手続きを取りに行ったのだと喜んだ。戻った父から退職してきたと聞いた母は愕然とした。父の甘さに母は言葉もなかったのであろう。やはり父の考えは甘かった。会社を辞めて戻っても戦後の混乱の中、何処にも腰を落ち着ける仕事はなく日銭を稼ぐしか道はなかった。農家や市場の仕事を手伝ってはその日暮らしの生活を余儀なくされた。母は娘時代に習った和裁の腕を活かし、着物の仕立てをして家計を支えた。貧しくとも家庭は平和で、姉は両親の愛情を一身に受け育った。

私が生まれてから父の愛情は私に集中した。姉の可愛い盛りを戦地で過ごした父は、私を目に入れても痛くない程に溺愛した。姉は姉で自我に目覚め、悪戯をしては母に度々叱られた。姉は叱られたことを逆手に取り父を味方につけようと、嘘泣きをして父を待つ。

「何だ、また母ちゃんに怒られたのか。母ちゃんの言うことは聞かなくちゃ駄目だぞ」

抱き上げながら優しく娘の頭を撫でて諭した。

「うん、そうする」

拗ねた素振りで上目づかいに父を見上げ返事をする。父が台所にいる母にあまり叱るなと声を掛ける。

その日もいつものように母に叱られた姉は、外へ出て父の帰りを待った。

「また怒られたのか。いいか美也子、お前が怒られて泣いていても、母ちゃんに聞いてお前が悪かったら、父ちゃんも怒るからな。だから母ちゃんの言うことを聞いて、これからは怒られないようにしろよ」

ゆっくりと諭すように父は言い聞かせるのだが、
そんなこと言っても、父ちゃんはずっとあたいの味方でいてくれる——、と、甘い気持ちで打ち消し、父の言葉を冗談だと思い聞き流した。その日を境に父の姉に対する態度が少しずつ変わり始める。

戦後の社会事情はかなり悪く、日雇いで得る賃金は低く家族を養っていける状態ではなかった。朝から晩まで身を粉にして働いても、一日を賄う金が得られない。母親の涙を見るのが辛くて妻の提言を無視し、会社を辞めてしまった自分の浅はかさや、働けど働けど思うようにならない歯がゆさ、行き場のない憤り、そんな父の心のジレンマのはけ口が、次第に姉へ向けられていったのかもしれない。

姉への虐待は日を追うごとにエスカレートしていく。赤ん坊の私が泣いたと言っては、お前が泣かしたと、思い切り叩かれ折檻された。母が止めようものなら、その数倍もの体罰が姉に加えられるので、母は助けたくとも助けられなかった。家の裏にサンシンの大木がある。横側には隣の家の牛小屋もあった。父は折檻し疲れると姉をその木へ括りつけ、家へ入ってしまう。夜ともなれば裏も表も暗闇で、窓から漏れる灯りもない。ただ漆黒の闇が広がるばかりである。闇の中から聞こえるのは牛の荒々しい呼吸と、低く唸り歩き回る音。更にかさかさと得体の知れない音が混ざり合う。今にもうごめく魔物に襲われそうな恐怖心でいっぱいになり、姉はあらん限りの声を張り上げて泣き叫ぶ。

やがて、裏の遠くの闇にぽつんと灯りが見えた。灯りは上下に揺らめきながら次第に近づいて来る。ガサゴソと音がし右奥の川島のばやんのしわくちゃな顔が、提灯の灯りに照らし出された。背の低いばやんが丈の高いミョウガを掻き分け、姉を助けに来てくれた。

「また多喜夫に折檻されただか！　こんなぼこ（幼い子）に何てひどいことをするだや！

早く解いてやれ！　この馬鹿が！」

大声で怒鳴られた父はしぶしぶ出て来て縄を解く。姉は母の胸に飛び込み、しゃくり上げる。

「いいか！　二度とこんなことするなよ。美也子がもうらしく（可哀相）てならねえ。おめえは鬼か！」

ひとしきり説教をし終えると、提灯を浮き沈みさせつつミョウガ畑の中を戻っていく。その後もばやんは提灯を揺らし、ミョウガを掻き分けやってきた。

姉に対する虐待は日常茶飯事となっていた。私が生まれたことで、私は姉から優しい父を奪ってしまったのである。

いつものように姉は叱られ、外に追い出されていた。黙って家に入るとまた父からひどい目に遭わされるからだ。そんな時母は父が寝てしまってから、姉を家の中に入れ食事を与えるのが常であった。だがその夜は違っていた。出てきた母は涙で濡れた姉の顔を拭い、言った。

「美也子、これから母ちゃんといい所へ行こう」

家には入らずに姉を連れ、村で一軒しかないパン屋へ向かった。一個五円のアンパンを買って与え持たせる。しっかりと手を握り、家とは違う道を歩き出した。パンを齧りながら、何処へ行くのだろうと姉は思ったという。

　林檎畑を越え川を渡り、田んぼを横切り母は黙々と歩く。薄闇の彼方に黒々とした土手の形が浮かび上がる。その先には千曲川があった。

「母ちゃん、何処へ行くの？」

　ものも言わずに歩く母に不安を覚えた姉は尋ねた。一瞬立ち止まった母は、しゃがんで姉の両手を握り穏やかな声で言う。

「これから母ちゃんといい所へ行くんだよ」

「やだよ母ちゃん、あたい行かない。おっかないよ。だからうちへ帰ろうよ」

「美也子はいつも父ちゃんに叩かれて痛いし辛いね。ご飯もまともに食べさせて貰えなくて辛いじゃない。母ちゃんも美也子が叩かれているのを見るのが辛いよ。母ちゃんも辛くなったから、母ちゃんも一緒に逝くから死のうね」

　静かな口調の中に母の堅い決心があった。姉はびっくりした。姉の手を強く握った母は再び歩き出そうとする。

「母ちゃんやだ！　あたい死にたくねえ！　母ちゃんが死ぬの嫌だ！」

「母ちゃんも一緒に逝くから怖くないよ」

「嫌だ！　あたい一生懸命いい子にするから、父ちゃんに怒られねえようにするから！」

必死で足を踏ん張る姉の手を離すまいと強く握り締め、母は前へ進もうとする。

「いい子になるから！　母ちゃんやだ！　帰ろう、うちへ帰ろう！」

あまりの姉の剣幕に母の心が揺らいだ。

「帰ったら、また叩かれるよ。それでも美也子はいいの？」

「うん、あたい我慢する。怒られねえようにいい子になるから、帰ろう」

涙ながらに哀願する姉に、母の思い詰めた表情が仄かに和らいだ。

その夜の出来事は母と姉の胸に深く封印され、父は生涯その夜の出来事を知ることはなかった。この時、姉は就学を目前に控えた幼気(いたいけ)な子供であった。


半袖のワンピースを着た私が、体よりも大きな家財道具を運んでいた。今日は新しい家へ引っ越しだ。大きな荷物は父や母がリヤカーで運んでいる。私もお手伝いをしようと、張り切って側にある踏み台を持った。小さな体に踏み台は大きかったが、小さいながらも何か手伝いたかった。

この地域は村のほぼ中央に北国脇街道と呼ばれる広めの道が横断している。その表通りから幾本もの小路が左右に延び、更に小路から路地へと枝分かれし村を形成していた。主だった小路は武者や侍などといった昔の呼び名がついていた。村人は正規の小路や路地を辿ると遠回りの時は、家々の庭を「お庭ごめん」「軒先ごめん」と声を掛けて通り抜ける。それらの風習はごく自然に村人達の間で使われ、相手の家も自然体で受け入れていた。

新しい家は道なりに農家や畑が点在した先の桑畑の隣だが、父は遠回りをして荷物を運んだ。猫の額程の庭つきの平屋である。桑畑を挟み数件の家屋が隣り合って建ち、その先の横手には線路が走っていた。

父母が心血を注いで建てた家は、戦後の時代を反映したような小さな家であった。父は有り金を出し土地を買い、生活費用に本家からお金と米五升を借り、病み上がりの体で大変な苦労をして建てた。屋根はトントン屋根と呼ばれた杉の皮で葺いた。

この時、姉は十一歳で私は五歳だった。新しい家に越したのが嬉しくて、姉はなかなか寝つけなかったという。その様子を両親は微笑ましく眺めていたに違いない。夜は川の字に並べた布団に親子は寄り添って臥した。丁度姉の真上に杉皮の節目があり、節目の中に満月が輝いているのが見えた。ひとしきり月を肴に親子の会話は弾んだ。その頃私はぐっすりと深い眠りに落ちていたのだろう。

狭いながらも楽しい我が家……。歌の文句ではないけれど、私達家族の新しい生活が始まった。

トントン屋根は晴れる日が続くと杉の皮は乾燥してめくれる。運悪くその後に雨が降ると、隙間から雨漏りどころではない程、水が滴った。家族はその度に走り回り、バケツや洗面器、ありとあらゆる器を探し置いた。

新生活

昭和二十七年夏、私達一家は敷地を手に入れ、そこから新しい生活を始めた。十畳程の居間に小さな廊下が正面と横に付く。その横に土間の台所。母屋から離れた所に便所がある。便所との間は通路兼庭である。桑畑との境界に沿った中程に汲み上げ式の井戸があった。

年を経るごとに母屋を中心に敷地内は様々に変化していった。父は桑畑と井戸の間に、畳一枚くらいの池を造り、裏の川で獲った鯉を飼った。次に井戸から青竹を渡し、水を流すと池へ流れるように工夫した。口数の少ない父が池側の狭い縁側で胡坐(あぐら)を組み、キセルに刻み煙草を詰め、マッチで火をつけ旨そうに吸う。紫の薄煙を輪にしてはプカリプカリと燻らす。私はそんな父を眺めるのが好きだった。たまに父は吸い殻を手の平で転がして見せた。手の平はびっくりする程厚く、火傷の跡さえ見えない。

その頃の私達子供の遊びは単純で、春はクローバーの花を輪に編んで首飾りや冠にしたり、日常の父母を真似て言葉のやり取りを楽しむ。秋は木々の葉が綺麗に色づくと鋏で器用に切り、服や着物姿の人形に見立て、日向ぼっこをしながらよく一人遊びをしたものだ。

ある日、父が私の人形遊びを見て、母から白生地の端切れと綿を貰い、器用に日本人形をこしらえてくれた。父の見事な手先に私の目は吸い寄せられて離れなかった。目鼻を墨で入れ出来上がり。嬉しくて毎日その人形で遊んだ。着物は端切れを貰い、見よう見真似で縫う。

父は仕事の合間に台所から便所付近を少しずつ改良していく。まず台所から屋根を延ばし納屋風にした。間に粗末な木のドアをつけ、台所からも出入り出来るようにした。

私が小学校の高学年になる頃、池の奥の隙間に父は細長い部屋を作った。窓を設け子供部屋らしく棚と勉強机を置き炬燵もあった。また壁と壁の間に針金を張り洋服かけにした。

納屋風の空間には五右衛門風呂があり、他は仕事道具の置き場所、更に豚を一、二匹飼ったり、山羊などを育て、鶏は卵を得る為に数羽飼った。産みたての卵に醤油を少々垂らし、ほかほかのご飯にかける。一番は父だ。私達が欲しそうに眺めていると、卵を少しだけかけてくれる。ほっぺが落ちそうな程美味しかった。それらは全て生活の為で、あの狭い所を目いっぱい活用し私達を育ててくれた。

父の趣味は多様だが特に盆栽と山鳥を好んだ。カスミ網で捕まえた鶯、メジロなどを自作の鳥籠に入れ育てる。朝夕は練り餌を小さな擂り鉢で摺り、ごつごつした指で丸め与えた。ある時は子供部屋の上に檻を作り鷹を飼い、犬や猫もいた。私達はアンゴラ兎を二匹飼い、年に二度毛を刈り、小遣いにした。ふかふかの毛はセーターや手袋になるので結構高い値で売れた。

私が集団就職で故郷を離れるまでの長い年月、家族は貧乏のどん底にあった。しかし、私はそれをあまり苦とは思わずに育った。時代がそういう時代だったのだと思うが、私ののほほんとした性分が楽観的に物事を捉えていたのかもしれない。むしろ人生を狂わされたのは母だったのではないだろうか。

母の苦労は戦争で長野に疎開した時から始まった。それは父の母親に対する愛情の深さに他ならないが、更に不運だったのは、政府が戦後の財政を立て直す名目で通貨統制を行ったことも起因の一つでもあった。父が故郷に留まる決心をした時、手元にはまだ預金が数千円あった。その頃のお金の価値は千円で三百坪の土地が買え、百坪の家が建つ程だったという。

通貨統制でお金の価値は一気に下落したが、子供の健康を考えた時、借家には住めないと判断したのだと思う。父母にしてみれば苦渋の選択だった。父母のそんな辛苦もつゆ知らず、私は自然の中で誰にも束縛されずに、自由奔放に育っていったのである。

小学校時代

新しい家に移った翌年に私は小学校へ入学した。黒板に向かって教壇があり、先生が座る大きな机がデンと鎮座している。私達の机は二つずつつけられ、黒板に向かって行儀良く並べられていた。級友は男女合わせ四十五名。セーラー服も赤いランドセルも体より大きいが、うきうきした気分で母と学校へ向かったのだろう。一年生は松、竹、梅の三クラスで、私は竹組だった。

私の住む村は標高五〇〇メートル程度の朝日山を中心に、いくつかの地区で成り立っていた。小学校は朝日山の麓にある。私の生まれ育った地区には農協や精米所、郵便局に青果市場、村役場、製材所があった。

交通機関は私鉄線が縦断し町の駅へ繋がっている。町からは信越線が日本の中心へと延びていた。地区の中では比較的恵まれた環境に位置していた。

さて私達四十五名を受け持つ担任教師の名は熊木尚先生。まだうら若き熱血教師であった。柔らかな春の陽光が降り注ぐ教室の中を、私達は興奮気味にキョロキョロ見回していた。先生の声に一斉に正面を見るものの、教室の中は賑やかな雰囲気に包まれている。父兄も後ろの空間に横並びに立ち、ひしめき合っていた。出席名簿で順番に名前が呼ばれ、私は元気良く返事をしたのを覚えている。竹組にはそれぞれの地区のガキ大将が三名も揃っていた。この男の子達は小学校に上がる前から元気が良すぎると有名だった。学校側はガキ大将の割り振りに苦慮をしていた。そこへまだ若くバリバリの教師が赴任してきたのである。学校側はこれ幸いと、この三名を熊木先生に押しつけてしまった。

着任早々に校長からその旨を打ち明けられて、熊木先生は大いに戸惑ったという。他のクラスに比べ、元気すぎる子供達を前に悩む日々が続いた。

悩んだ末に熊木先生は地区ごとに生徒を分け、各ガキ大将に預けたのである。

「昭君も幸吉君も和年君もよく聞きなさい。いいかい、これから君達はそれぞれリーダーとなって、先生の代わりに皆をまとめて欲しいんだ。その時に先生が君達に頼むから、君達はそれをきちんと守って皆を引っ張っていくんだ。先生は君達を信じているからね。頼んだよ」

三人を呼び寄せ、慎重に言葉を選びながら言い聞かせた。その結果、三人は驚く程の統率力を発揮し、竹組を見事にまとめてしまったのである。私達は何も知らず、違和感もなく素直に指示に従う。私のいる地区は昭君がリーダーだった。彼らは単なるガキ大将ではなかった。優しさも人望も人一倍持ち、賢くもあった。

後に熊木先生は私がお宅を訪問した際に、その頃の話を聞かせてくれた。初めて知った事柄ではあるが、熊木先生の人を見る目が確かであったのだと思わざるを得ない。

「教育の一環として成功したことは、教育委員会でも評判になったけれど、僕は今でも思うのだが、あの時、果たしてああしたことを三人に押しつけてしまって、良かったのだろうか。大きな責任を持たせて、あの子達の子供らしさを奪ってしまったのではないか、その後の人生の負になっているのではないか、とずっと心の中に引っ掛かっているんですよ」

と、熊木先生は長い間の心の呵責を打ち明けた。私は先生に労いの言葉を向けた。

「先生、それは大丈夫でしょう。彼らはその経験を人生の上で、良き方向に活かしているに違いありません。だって三人とも、皆素晴らしい男性になっているじゃありませんか」

熊木先生は竹組を三年間受け持ち、まず私達に男女を区別する呼び方を教えた。男の子は「君」、女の子は「さん」と呼ぶように徹底した。それは日常に定着し大人になっても、竹組の級友達は「さん、君」で呼び合った。

先生から言わせると、私は特に落ち着きのない生徒であった。学校へ来ても勉強はそっちのけで、髪の毛をいじくっている。朝、ポニーテールにして来たと思うと、いつの間にか三つ編みに変えていたりと、勉強に少しも身を入れず外を眺め、前後左右の級友にちょっかいを出す。何度注意しても聞かず先生は手を焼いたらしい。

ある日、勉強の合間の休憩時間に先生は、私を教壇の机の上に腰を下ろさせた。次に風呂敷を肩に掛け前で結ぶ。おもむろにラシャ鋏を取り出し、即席の床屋になった。

「これから先生は床屋さんになって、美江子さんの髪の毛を切ります」

壇上の私は嫌も応もなかった。手際よく長い髪の毛をバサバサと切り揃えていく。級友全員が私と先生の周りを取り囲む。中には羨ましそうに、

「先生、僕のも床屋さんやって」

「いいなあ、美江子さん」

ワイワイガヤガヤとかしましい。一躍羨望の的となった私は得意満面であった。あっという間におかっぱ頭が綺麗に出来上がる。

先生は少しでも勉強に目を向けさせようと、実力行使に出たのだろう。先生の意図など少しも理解しない私は、髪が伸びるまでおとなしかった？　いえいえ何のその、相変わらず先生の悩みの種のまま三年間を過ごしたのである。

熊木先生は竹組の子供達が、勉強に身を入れるにはどうすれば良いかを思案し、色々と工夫した。一年生には一年生の習得すべき課程がある。それぞれ雨後の竹の子のように、すくすくと育っていったのだが勉強はそうはいかなかった。授業内容を吸収出来る子と出

来ない子の差が、少しずつ生じてくる。先生はその差を無くす為に、思いつく限りの努力を惜しまなかった。私のように学校という場を、勉学の場とは考えない子も多かったに違いない。考えるということすら知らなかったのだから、先生方は大変であっただろうと思う。

小学校へ上がって初めて「アイウエオ」を覚え、数字を一から数える。漢字も少しずつ学年に合わせて覚えていくのが、当時の普通であった。

それに〝落ちこぼれ〟という言葉は、この頃は存在すらしていない。先生方はクラスの生徒達を根気よく教え込む。時間的にはかなりゆとりある教育といえた。

熊木先生が苦慮したのは生徒達の集中力だった。一、二時間目の授業は何とかこなせたが、その後が続かない。三時間目に入る頃になると皆飽きて、隣前後の級友とお喋りやふざけ出したりする始末だった。他のクラスとはかなり違うぞ、と悩んだに違いない。

元気な竹組の子らを眺めながら、授業を進める為には切り替えが必要だと感じ取り、それなりの授業の仕方を考え出した。飽きる頃を見計らい、体育館や校庭で思い切り遊ばせる。体育の授業に変更するのであった。理科や社会の時間には朝日山の麓にある洞窟の探検や、山の頂上まで登る。

丁度その場所は木々がなく下界が一望出来たので、遠くに望む山々、山脈、田畑、川など生の地理を教えた。私達は、それが先生苦肉の授業であることとは露知らず、ワイワイガヤガヤと楽しい時間を過ごし、知識を吸収していった。

その中で忘れられない出来事があった。例によって先生は私達を山へ誘った。秋も深まり山には様々なキノコが生えている。突然の山登りで誰も入れ物は持っていない。豊富にあるキノコを私達は夢中で採って歩いた。小さい私達でも食用のキノコは知っていた。私はスカートを袋代わりにジコボ（ハナイグチ）や初茸などを山程採った。男子は上着を脱いで袋代わりにする。

学校には給食調理所があり、土曜だったが賄いのおばさん達が待ち構えて、大量のキノコを綺麗に洗い調理してくれた。授業が終わる頃、寸胴鍋たっぷりのキノコ汁を持ってきた。竹組全員はお腹いっぱい食べたのである。

学校給食は私が入学する二、三年前から始まり、学校の敷地内に調理所が作られた。四時間目に入る頃になると、プーンと香ばしい匂いが教室へ流れてくる。匂いでその日の献立が分かる。給食の時間は学校へ行く中で一番楽しみな時間だった。

給食の主食はコッペパンが主流だった。他には食パン、たまに揚げパンなどでバターやジャムがつく。それに加えて、おかずや汁物、牛乳は毎日で粉ミルクか練乳を溶いたのが添えられている。年に数回だが揚げた中華ソバに、中華丼の具が載せられたものが出た。

カリカリと香ばしく私は好きだった。

冬は達磨ストーブが各教室に置かれた。低学年の教室は用務員のおじさんがストーブの管理を受け持つ。登校して教室に入るといつも温かかった。焚きつけに必要な小枝は児童がひと冬に二回、俵型にした小枝を学校へ持っていく。

最初は父母が用意してくれたが、秋になり松葉が落ちる頃になると、友達や姉などと一緒に朝日山へ登り、手頃な小枝を拾い熊手代わりにして松葉を集める。松葉は風で窪地や吹き溜まりに吹き寄せられ、たっぷりと積もっていた。それらを簡単に集め、枯れ枝などを並べた上に、松葉を零れないようにがっちりと詰め込み縄で括る。あるいはビクに詰め込む。縄がない時は藤の蔓などを利用し縛った。後はキノコやアケビを探したり、飽きるまで遊んだ後に背中に担いで遊びながら帰った。

小学校は体育館と校舎が二つの建物で形成され、それらは屋根つき渡り廊下で繋がれていた。町中に中学校が建つまでは小、中の合同校舎であった。空中から望むと全体が長方形で真ん中に庭と花壇がある。まず校庭の正面から入ると平屋の校舎の中央が、先生方と来客用の玄関である。玄関の右脇に盛り土があり、形の良い松の木の横に二宮金次郎の銅像が建つ。後は職員室、保健室、教室などが効率よく配置されている。

便所は山側にあり、便所の廊下を隔てた反対側はずらりと水道が行儀良く並ぶ。また生徒達の下駄箱は二つの校舎の渡り廊下に学年ごとに設えられていた。

校舎の周りは大きな桜の木が植えられ、春は見事な花が咲いた。小さい頃から私は綺麗な花が大好きだ。野の草花の清楚な美しさや健気さに魅かれた。桜も例外ではなく、咲き始めから終わるまでの花色の変化が何故か心に沁みた。

だが花が散り初夏が訪れる頃になると、毛虫が発生する。それも一匹や二匹ではない。数千、いや数えきれない程の毛虫がうじゃうじゃ葉にぶら下がり、ボトボトと落ちてきた。竹ホウキでいくら掃いても間に合わない。渡り廊下や便所の中、ともすれば教室の廊下にまで、足の踏み場もないくらいに我が物顔で這い回る。たまったものではない。生徒達は毛虫を踏まないように足先で蹴飛ばし、竹ホウキで払い足場を確保した。また器用な子は爪先立ちでひょいひょい毛虫をよけて通るが、大概の女子はきゃあきゃあ言いながら行き来したものだった。思えば春から夏に移ろう間の風物詩といえなくもない。

毎年桜が満開になると桜の木を背景に、熊木先生は竹組の写真を撮ってくれた。アルバムに小さい頃の写真は少ないが、小学校時代の私や級友がセピア色で収まっていて、今では唯一遠い昔を偲ぶ大切な一枚となっている。

冬になると保健所の人が来て、髪の毛に蚤や虱がいるかどうかを順番に調べられた。いるとDDTを頭が真っ白になる程掛けられた。後は日本手ぬぐいを被り、数日間そのままで過ごす。鼻がつんつんしたのを覚えている。

私は勉強はからっきし駄目だったが休まず通った。熊木先生とは三年間を過ごした。私にとって熊木先生は、怖さと優しさをたっぷりと持った、最高の先生だった。

四年生に上がる年の三月、終業式での出来事は生涯忘れられない。それは竹組にとって寝耳に水の出来事だった。

誰もが気楽な気持ちで終業式に望んだ筈である。竹組の誰もが知らなかった。退屈な式は順調に進み、最後に転任する教師の名前が読み上げられた。竹組全員が耳を疑ったのは言うまでもない。熊木先生の名が呼ばれたのだ。

「嘘だ！」
二、三人の男子が叫んだ。だが壇上に上がった教師の中に熊木先生がいた。私達のクラスの列だけが驚きの表情で壇上を見つめる。後は何も言えずにすごすごと教室へ戻った。教室の中は水を打ったように静かだ。あれ程元気で賑やかな竹組が意気消沈している。それ程皆はショックを受けていた。
女子の中にはシクシク泣き出す子もいた。男子もしきりに涙を拭う。声にならない泣き声が教室中に沁み渡った。私も悲しくて泣いた。やがて先生が入ってきた。皆の姿にしばらく声も出なかった様子でいたが、教壇に立ち何か一言話そうとしたその時だった。

「やだ！　先生！　行っちゃあ嫌だ！」

誰かが叫び、それが引き金となり次々と全員に広がっていく。生徒達の必死の声は怒涛の如く先生に向かう。先生は全員の顔を見渡し絶句した。竹組の声は教室から廊下に響き渡った。先生はくるりと後ろを向く。そっと涙を拭っている様子が私にも分かった。だが竹組の全員が引き止めた所で、先生の辞令は翻る筈もなかった。

翌日から春休みに入った。私達は三年竹組の教室に集まっていた。ガキ大将の三人が壇上に立ち、

「このまま先生と別れるのは嫌だ。お世話になった先生にせめて皆の気持ちを伝えたい。色々と考えたけど、やっぱり何か先生に贈ろう。何が良いだろう」

あれがいい、これがいいとそれぞれが意見を出し合う。

「あんまり高い物だと先生も困るだろうから、二十円ずつ出し合って買える物がいいと思う」

全員の意見が一致。贈り物を決めガキ大将が代表で買いに行く。次に先生のお宅へ全員で届けようと決め日程を定めた。

その日は村の駅に集合して電車に乗り、町の駅まで行った。先生の家は駅から歩いて十分足らずの所にある。三人のガキ大将を先頭に総勢四十五人がぞろぞろと目的地へ向かっ

て歩く。恩師に会える嬉しさに胸を弾ませ、頬を紅潮させて意気揚々と。

クラス全員の姿を認めた先生は、さぞビックリしたに違いない。全員を部屋へ招き入れた。奥さんとお婆ちゃんが、慌てて用意してくれたご馳走を、私達は美味しく頂いた。先生に会えて満足した私達を、先生は映画館へ招待したのだった。

三年間の思い出の中で、忘れられない漢字がある。漢字の難しさからして三年生頃のことなのだろう。国語の時間に先生が黒板にチョークで、

「ム、月、ヒ、ヒ、そして下にテン、テン、テン、テン」

声に出しながら熊という字を書いた。

「これは熊と読み、先生の名字の熊木の熊という字です」

と教えた。〝三つ子の魂百まで〟の諺があるが、何故か不思議とこの文字の書き順だけは年老いてもなお、ふとした弾みに浮かび私の心を和ませる。ム、月、ヒ、ヒ、テン、テン、四つでイコール恩師の顔。

四年生からは赴任してきた教師が竹組を受け持つ。両先生と共に映る写真がある。朝日山の頂上、眼下に小学校を望む場所でその一枚は撮られた。

私の小学校生活の後半の三年間は、熊木先生から別の先生に変わった。彼は熊木先生よ

りも年齢が上で、教育者としての経験も長かった。が、日常の学務を淡々とやり過ごしていたように思える。だが、外見では何ら変わることなく、それでも竹組全員の胸の内は一抹の寂しさと、物足りなさを感じていたのではないか。授業は学年が上がるごとに難しさを増していき、いつまでもその物足りなさを引きずってはいられなかった。今までのように遊びの中で学ぶ、というような例外は一切なかった。

しかし、熊木先生が実践したガキ大将の役割は、小学校を卒業するまで暗黙の了解の許で続いた。ある時、何かの行事の話し合いで私達は昭君の家に集まった。男子は事前に打ち合わせでもしてあったのか、全員で納屋の二階へ上った。昭君の家の納屋の二階は戸もなく開放されている。

「話し合いをする前に、度胸試しに皆でここから飛び降りるんだ。まず俺から飛び降りるから。男子女子の順、な」

男子は次々と簡単に飛び降りた。次に飛び降りてくる女子を好奇の目で見上げた。暖かい時期の女子は皆スカートを穿いている。男子の目的はそこにあった。飛び降りる時にスカートがめくれて、パンツは丸見えで素足がもろに露出してしまう。女子に対する好奇心が芽生え始めていたのだろう。

無邪気な私は意気揚々と飛び降りた。他の女子も次々と飛び降りる。男子は思い思いの格好で下から見上げ、躊躇している女子をはやし立てた。臆病な女子が泣きながら飛び降りる。最後に一人の女子が残った。下で女子は「頑張って」「大丈夫」などと励ますのだが、彼女はどうしても飛び降りられない。男子は階段を使わせなかった。

追い込まれた彼女は泣きながら飛び降り、その場にうずくまった。足を折ってしまったのだ。全員が彼女を取り囲み、事の成り行きに青ざめた。

この事件が学校に報告されたのか定かではないが、彼女をリヤカーで自宅まで運び、その日はそのまま解散となった。

女子は普段でも男子と親しく言葉を交わすということはほとんどない。学校内でも外でも男子は男子、女子は女子と、何とはなしに固まってしまうのが常で、そこには違和感もなければ仲が悪いわけでもなかった。ただお互いを自然体で受け入れていたのだろう。

私が口をきいたのはクラスの中で二、三名の男子しかいないが、その場限りのようなものであって、親しい、という間柄ではなかったけれど、その中には昭君もいた。

昭君はガキ大将だけれど心の優しい男の子。彼の家は村でも大きい農家で、田んぼの他に林檎畑も持っていた。

我が家は非農家で林檎は買って食べるのだが、時には林檎農家へ買いに行った。母の言いつけで私は昭君の家へ林檎を買いに行った。両親とも畑に出て留守で彼がいた。「林檎を買いに来た」と言うと、納屋へ私を案内した。納屋は私の家よりも立派で、外観は土蔵のような建物だった。薄暗くガランとした納屋の奥に収穫された大量の林檎がうず高くむき出しのまま積まれている。昭君は持っていった風呂敷に結ぶのがやっとなくらいの量と、さらにスカートを袋代わりにさせ、その中にまで林檎を持たせてくれた。

ある秋には私を林檎畑へ誘い、好きなだけ採れと言った。女子の誰にでも優しかったのだろうが、私にも優しかった。

もう一つ、私の心の中にしこりとなって残っている出来事がある。行事の中に修学旅行があり、六年生の修学旅行は新潟県の柏崎方面だった。その頃私は短歌や俳句にのめり込んでいた。五、七、五の十七文字や短歌の三十一文字に、感情や情景を織り込め詠む。国語の時間に習った時から特に加賀の千代女に憧れ、折があるとノートや藁半紙に書き連ねた。海岸線を走る列車の窓超しに海を眺め、私は岩にぶつかる白波を見て一句浮かんだのである。

〝白波や　岩に打ち上げ　どっと散る〟見たままを並べた単純で他愛もない句だが、

「先生、俳句作ってみた」

近くの席に座っていた先生に、出来たばかりの句を披露した。

「そんな句は、とうに詠まれた句じゃないか」

まるで私が誰かの句を盗んだのではないか、というような言葉の響きが返ってきた。

「違うよ、今あのごつごつした岩に波の飛沫が当たるのを見て、浮かんだんだよ」

必死に訴えて見たが先生は、冷たい視線を私に向け横を向く。先生が投げかけた一言は私の心に深い傷を残した。それ以来、私は公の場で詠むことは二度としなくなった。それでも好きなので密かに指を折っては詠み、ノートに走り書きしては一人楽しんだ。


先に述べたように、竹組には元気すぎる児童が揃っていた。しかし、どのクラスよりも統率が取れ、仲が良かったのではないかと思う。

手元には『かかし』と題した薄い冊子がある。それは竹組を受け持った時から熊木先生が、子供達に折々の感想等を書かせた藁半紙を綴じたものであった。字体はその時のままで文章などと呼べる代物ではないが、当時の感情そのままにめちゃくちゃな羅列で並んでいる。内容は遠足の感想、将来の夢などが、様々な大きさの拙い字で綴られている。素朴で味わいのあるこの冊子は、私にとって捨てられない大切な一冊になった。

中でも思わず頬が緩むのは、将来の夢についてであった。女子の夢は何といってもお嫁さん。ちょっと頭の良い子はバスガイド、美容師、ケーキ屋さん、スチュワーデス。男子は父親と同じ職業、パイロット、汽車の運転士等々。

私の将来の夢？　勿論お嫁さんに決まってる。当時の私の心の中は欲や得なんて言葉は存在しない。穢れのない真っ新な健康優良児だったのだから。文金高島田に結い上げた髪に回された角隠し、に、憧れた。

大きくなったらおれもお嫁さんになるんだ、文金高島田に綺麗な着物を着て――。

田舎では結婚式はまだ各家で行われていた。誰某の息子のところへ嫁が来る、という情報はあっという間に村中に知れ渡る。大人も子供もそれは楽しみに見に行ったものだ。当事者の家でも、そこは心得ていて障子を開け放ち、村人にお披露目する。私達田舎の家の造りは大体長方形で、玄関以外の表側は大方障子になっていて、夜には雨戸を閉める。部屋は襖で仕切られ、事あるごとに襖は取り外され広間になった。

娯楽の少ない田舎では各家の結婚式も見学し、嫁入り道具が何竿あったとか、お嫁さんの器量を何処かの家の嫁と比較したりして、女どもは井戸端会議に花を咲かせる。ある意味では立派な娯楽といえよう。私達女子はお嫁さんを食い入るように眺め、いいなあ、とため息をつく。私は大人になった自分の姿を想像し悦に入るのである。

住まいが離れても時々は阿川さんの悦子ちゃんと遊んだ。遊びに夢中になり気がつくと外は真っ暗。街灯は所々にポツンとあるだけで、灯りが途切れた先は漆黒の闇が広がる。

一瞬、躊躇するが気を取り直し表へ出た。帰り道は幾通りもあった。悩んだ末にお寺の横を通る道を選んだ。が、その日は生憎の闇夜だった。お寺の裏はお墓がある。火の玉を見た、という噂も聞く。怖い、とても怖いけれど、私は少しでも早く帰りたい一心で、恐怖心を抱えこわごわ歩く。それでも怖くてお墓に近づくと、とうとう大声で泣きながら駆け出した。

この辺りは便所が外の離れた場所にある。灯りもない。夜は母屋の障子を全部開け放ち便所の戸も開けて用を足す。父がふざけて、

「ほーれ、ほれ、後ろにお化けが出るぞ」

私はぎゃあぎゃあ騒ぎながら、時には泣きながら用を済ませ母屋へ飛び込んだ。

世の中には科学や言葉では言い表せない、不思議な現象が多々ある。我が家でも摩訶不思議な出来事が起き、私の身にもそれは突如として降りかかって来た。

神様のばち

初めの異変は阿川宅の借家にいた時、私が物心つくかつかない頃の出来事だった。その日、父は薪を取りに朝の暗いうちに起き出し、母の作った弁当を持って国有林の山へ出掛

けた。一日掛けて大八車に大きな束の薪を六個積んだ。その日は思いの外仕事がはかどり二個余計に作った。大八車を引き麓の村まで下りて来た。辺りは暗闇に包まれ、かすかな月明かりを頼りの帰路であったという。

国有林の山は幾つも山を越えた奥にあった。険しい砂利やでこぼこの山道を下り、ようやく村の平坦な道に出たのでホッとした。家までは後二、三十分の距離である。

大八車の操作はリヤカーよりも難しい。体は小柄だが父は頑丈で力も強かったので、並みの男が作る薪よりも大きな束の薪を積み、大八車を引くのも苦にはならなかったようだ。

村の出入口近くの土手に差し掛かり、ひと息つこうと煙草とキセルを取り出した。葉タバコをキセルに詰め火をつける。疲れた体に一服は旨かった。もう一服吸おうと火種を手の平に落とし、転がしながら次の葉タバコを詰めた。煙草に火をつけて火種をポンと放った。吸い終わり大八車に手を掛けた時に急激に腹痛が始まった。我慢しながら大八車を引き歩いたが、痛みはますますひどくなり、一歩も歩けなくなってしまった。

丁度、母と姉が父を迎えにお茶を持って待っていた。父の腹痛は傍目に見ても尋常ではなかった。父は母の肩を借りながらやっとの思いで家へ辿り着いた。常備薬を飲ませても一向に痛みは治まらない。隣に住むおっちゃんが、

「変だなあ、治らねえかい。もしかしたら何かに当たったんじゃねえか」

と言った。おっちゃんがそう口にした途端に、父の痛みが少し薄らいだ。母は本家に走り、義父のじゃんに相談をした。じゃんは暦を見ながら言った。

「どうも、こんじんさんか、ろくさん（いずれも神様）に当たったのではないか。すぐ権田さんへ行って見て貰え」

権田さんとは占い師ではないが、強い霊感の持ち主で、村では今回のように原因不明の病が出たりした時によく見て貰っていた。その結果、父はこんじんさんに当たっているとの卦が出た。

「散歩しているこんじんさんの頭に、放った火種が落ちたので怒ったのです。それで、おじさんのお腹にばちを当てたのです。火種の落ちた辺りが丁度こんじんさんのいらっしゃる場所だったのでしょう。こんじんさんの怒りを鎮めなければ駄目です。怒りに触れた場所は後からでも良いですが、とりあえずこのお札を口に含んだ後、近くの川に流してください。流した後は、どんなことがあっても振り返ってはいけません。そして七日間、必ずばちを当てられた場所へ塩とお線香をあげてください」

と権田さんは言い、人型のお札を父に渡した。父は戻ると早速、脇街道に沿って流れる川へ、言われた通りにお札を流した。その時にはもうお腹の痛みは掻き消えていたという。

次にばちが当たったのは私だった。小学生の頃で、朝起きると唇が開かない。上唇、下唇が一晩のうちに化膿した瘡蓋に覆われていた。〝熱の花〟（現代ではヘルペス）をひどくしたような状態だ。無理して開けようものなら皮膚が破れてしまう。父母は私の唇を見てびっくり仰天した。蒸し手ぬぐいで瘡蓋を柔らかくし、やっとほんの少し開くだけ。食べたり水を飲むのもままならない。しかも唇以外は何処も悪い所は見当たらず、無理に開けようとしない限り痛さもなかった。

母は町の病院へ連れていった。医者は塗り薬を処方してくれたが、塗ると少し良くなるがすぐ瘡蓋に覆われてしまう。そんな日が幾日も続いた。しばらく考え込んでいた医者は、「とても高価な薬なんだが、最近出たばかりのペニシリンなら効くかもしれない。どうしますか」と提案した。

「先生、それをお願いします」

母は考える間もなく即決した。ペニシリンは当時、出来たばかりの抗生物質で、注射と軟膏があり高価なものであった。まだ普及していなかった為、医者は医療機関から取り寄せ私の唇に塗った。塗ると瘡蓋が治まり薄皮が張るまでにはなるが、しばらくするとまた元の状態に戻ってしまう、を繰り返した。その状態を繰り返す度に薄皮になる頻度が短くなっていき、日を追うごとに症状が悪化していった。瘡蓋は二重三重に厚くなり、乾燥した瘡蓋は唇を少し動かしただけで割れる。割れた所はひりひりと痛んだ。最先端のペニシリンさえも効かない、いったいどうしたら良いのか。父母は日夜悩みぬいた。もしかしたら、と何とはなしにそんな思いが脳裏を掠めた矢先に、お勝ばやんが、

「何かに当たっているんじゃねえか」

ぽつりと漏らした。その一言で唇の瘡蓋が少しだけ回復の兆しを見せた。案の定、私にろくさんのばちが当たっていたのだ。

「どうも家の周り辺りで何かしませんでしたか」

権田さんにそう言われて父には思い当たる節があった。父は、家と隣接している桑畑の間に金網で垣根を作った。子供部屋と池の辺りで催した父はお小水をした。たまたまそこで、ろくさんがお昼寝をしていた。お小水を掛けられたろくさんは怒り、私の唇へばちを当てたのだ。

神様は父を懲らしめる為に、本人ではなく、可愛い娘にばちを与えることにより、その罪の重さを知らしめようとしたのであろうか。親であれば娘が食べ物を口に出来ない姿を見るのは、耐えられまいと踏んだのだ。ちょっと意地悪な気もするが、神様には神様の懲らしめ方があるのだろう。

学校を休んでいる間は、近くの級友達が給食のコッペパンなどを持って来てくれたが、

それを食べることも出来ず僅かな水分や重湯を、苦慮しながら唇の隙間から摂取するのみであった。よくは覚えていないが二週間近く、食いしん坊の私が空腹はあまり感じなかったように思う。それもまた不思議な話ではある。

お祓いの仕方を教えられ、家に着くまでの間に、私の唇はいつの間にか良くなり、うっすらと薄皮が張り出していた。翌々日には元の唇に戻り、私は学校へ通い出した。

この出来事があってから母は神様に関わる神社やお寺、道祖神等の前を通る時は必ず頭を下げるようになった。私は私でそういった形のない何かは嫌いではなかった。というより何故か親近感さえ覚えたのである。

昭和二十年代はまだまだあらゆる神々が、人と地上で共存していた古き良き時代であった。人の心も純粋で神様、仏様を崇拝していたのである。

ある時、東京から偉い音楽の先生が来るという。その中で竹組の生徒が一人ずつ偉い先生の前で歌うこととなり、先生は希望者を募った。変声期前の私の声は透き通った高音で伸びがあり、音楽の時間には皆の前で手本としてよく歌わされていたので自信があった。当然、真っ先に手を挙げ選ばれたのだが、運悪く少し前に風邪を引いた。結果は散々であった。歌手になりたいというかすかな望みは、あえなく消えてしまう。それでも唱歌、歌謡曲が大好きで、一度聴くだけですぐに覚えた。通りがかりの家のラジオから漏れ聞こえる歌謡曲を、耳を澄まして聴き入る。三種の神器、テレビはまだ田舎までは普及していない時代であった。

小学校の高学年になった頃から漫画に熱中した。それぞれ男女別々の月刊誌で月一回の発刊だった。金銭的に裕福な家は毎月購買していたが、我が家では、父が盆か正月に町の書店で買ってきてくれる時もあった程度だ。私は本を読むということを覚えてから、校内の図書館へも通い出した。漫画本からも歴史やその時代に生きた人々を知ることが出来るが、伝記やあらゆる物語が記された本からも知識を吸収した。絵は自作では似顔絵から始まり、漫画、創作などに傾倒していった。

こうして私の六年間は瞬く間に流れたのであった。

愛猫

貧しくても私は偏屈な性格にはならずに育った。それというのも両親が、私に心豊かな環境を日々の生活の中で、精いっぱい与えてくれたからに他ならない。

小学生の頃は色々な動物が我が家にやってきた。ある日父は子猫を貰ってきた。毛並みは三毛に近い色で私は〝マリ〟と名づけ、可愛がった。成長するに従い、マリは猫本来の本能でよくネズミを捕った。私がいると戦利品を必ず銜えて持って来て見せる。傷一つつけずに生きたままで。褒めてやると満足そうにひとしきり遊んでから、美味しそうに食べた。

パンやうどんも好物のようで、給食の残りのコッペパンを戸棚に入れておくと、私達の目を盗み前足で器用に戸棚を開けて引っ張り出す。母がうどんを伸ばしてちょっと目を離した隙に、端っこをさっと失敬する。普段はとても聞き分けの良い猫なのに、パンとうどんに関してはどうにも我慢が出来ないらしい。

ある時、マリは具合が悪いのか起き上がれなくなった。目に見えて弱っていく。好きなコッペパンを鼻面に押しつけても食べようとしない。何としても治してやりたいと、近所のばやんに聞いて歩いても分からない。気持ちは段々落ち込んでいくばかりである。ふとお勝ばやんなら何か知っているのではないかと、最後の望みを託して、行った。

「銅を削り粉にして飲ましてみたい。そうすりゃあ、もしかしたら持ち直すかもしんね」

ばやんは心配そうに尋ねる私の顔を見て言った。その頃は針金の銅線も結構使われていた。ところが、いざ探すとなるとなかなか見つけられない。もしかしたら裏のゴミ捨て場にあるかもしれないなと、思い立った私は急いでゴミ捨て場へ走った。春とは名ばかりで風に冷たさが残るが、寒さも顧みずに漁るように探した。茶碗やガラス、布きれから空き缶。様々なゴミを掻き分ける。何か訳の分からぬ液体のにおいがツーンと鼻を衝く。もう必死だった。

「あった!」

ようやく五、六センチの銅線を探し出した。家に走って戻りガラスの破片で削り始めた。なかなか削れなかったが、ほんの少しの粉が新聞紙の中に溜まった。

「マリ、これ飲んで。ちゃんと飲まないと死んじゃうんだよ」

ぐったりした愛猫の体を持ち上げ、食べ物に混ぜた粉を口元へ運んだ。数日後、すっかり元気になったマリは、常に私の目の届く範囲にいるようになった。

「全くさ、マリったら、お前の帰って来るのが分かるんだね。寝転んでいたと思ったら、不意に首を上げて起き上がり変な声で鳴きながら出ていくんだよ。まるでイソイソと尻尾を立ててさ」

母が言う。そういえば、私がお宮を過ぎお寺の裏の道に差し掛かる辺りで、いつもマリが桑畑や物陰から可愛い泣き声と共に、ふいと姿を現し足元にまとわりつく。私を見上げてから先頭に立ち、尻尾をぴんと立てて家路へと誘うのだった。

そのマリがある夜、びっくりするような土産を私に提供したのである。真夏の夜更けの出来事であった。ひと間の部屋に蚊帳を吊り、家族全員が川の字に敷いた布団で寝入っていた。ぐっすり寝ている私の頬をマリがペロペロと舐めて起こす。眠い目をこすりながら、

「マリ、どうしただ。まだ起きねえよ」

手で軽く払い枕に顔を埋めたが、なお喉をゴロゴロ鳴らしながら舐め続けた。睡魔でぼやけた耳にピチャ、ピチャ、畳の上で何かが跳ねているような密やかな音が響く。目をこすりながら起き上がり、音のする枕元を目を凝らして見る。

「マリ、どうしただ。こんなにいっぱい……」

一瞬、何が何だか理解出来なかった。暗がりの中で跳ねているのは大きさも均一の魚だった。しかも十匹近くが見事に一列に並べられている。私の幼い頭は、マリが私へのプレゼントに川で魚を獲って枕元に並べてくれた、と思った。マリは魚の前で前足を揃え行儀良く座り私を見上げている。異様な気配を察したのか母が起き出した。

「美江子、どうしたの」

「あのなあ、こんなにいっぱいマリが魚を獲って来ただ」

私が指差す先の暗がりを母は凝視した。束の間の沈黙が流れ、

「美江子、これは池の魚だよ。見つかったら大変だから、すぐ戻しておいで」

張りつめた母の声。母の一言で眠気が一瞬にして飛び、「うわっ」と、私は頭の中で声

にならない声を上げた。そして、急いで魚を池に戻した。

「マリ、駄目だよ」

小声でたしなめる。真夏の夜の信じられない〝猫の恩返し〟騒動であった。父はそんな出来事を知ってか知らずか、何のお咎めもなかった。

村には神社やお寺がある。神社の周りは大木がうっそうと生い茂り、その下にはいくつもの小道が枝を広げるように走っていた。夏場は格好の涼み場で子供の遊び場にもなった。夏休みのラジオ体操も境内で行われる。体操の前後に、子供達は蝉の幼虫のジミを、土の上に出来た小さな穴を見つけ探し出し、慎重に穴が塞がれないように掘り、細い葉や小枝を利用し差し込む。ジミがそれらに足を絡めるとゆっくりと穴から引き出す。何匹も捕まえ、家に持って帰った。私は庭の盆栽に捕まらせ脱皮するのを眺めた。縮んだ羽が時間の経過と共に伸びきるのを待つ。途中で触ったりしてしまうと羽は変形し飛べなくなる。

ある日、ササ藪を掻き分けた先にフクロウの幼鳥がいた。高い木の上の巣から落ちたようだ。このままでは死んでしまうと懐に抱いて家へ帰った。それからが大変だった。フクロウは肉食なので父と私は毎日魚を獲って与えた。大分大きくなった頃、父は小屋からフクロウを大空へ放した。

小遣いは盆と暮れ、あるいは祭りの時にしか貰えない。欲しい物がある時は親にせがむしかないのだが、お金がないのは分かっていたので、自分で内職をして稼ぐしかなかった。幸い、季節ごとに子供でも出来るものがあった。春はヨモギ摘み、夏は柏の葉を山へ採りに行く。それらは村の何軒かの家が窓口になり、買い取ってくれた。中でも柏の葉は価格が高く、大人も子供もこぞって山へ入った。私は学校が引けた後の土曜や日曜日に、朝日山へ採りに行った。虫食いのない葉がある場所を知っていたので半日くらいで千円、二千円と稼いでカーディガンや上靴を買い自分の為に使ったが、姉は母に渡していたようだ。

何もない冬は内職をして、少しでも家計の足しにする家もあった。根気のいる仕事だが、私と姉も炬燵に入り線香花火をよく縒った。

定職のない父は様々な職業を生業にした。卵を産まなくなった鶏を集めたり、青果場で林檎の木箱造り、農家の手伝い等々。母は内職に和裁の腕を活かし、生活を支えた。母が縫う着物は着やすいと村で評判になり、嫁入りが決まった娘が和裁を習いに来た。

その中で父は何度かダム工事の出稼ぎに出た。主のいない家の中は何となく物足りなく寂しい。口には出さないが私は〝父ちゃんは何時帰って来るのだろう〟と心待ちにした。

父の帰る数日前から母の顔が明るくなる。何となく活気に満ち、子供の目にも普段の母と違って見えた。私も嬉しくて飛び上がりたい気分だった。

父が帰る前日の午後、あることが母と姉の手によってバレた。私のいない隙に二人は子供部屋の私の持ち物を調べた。隠してあったお金を見つけ、私を問い詰めた。言える訳がない。母の財布や小箱から少しずつくすねていたなどとは、到底言えない。

「もうすぐ父ちゃんが帰って来るから、父ちゃんに言うよ」

そう脅されても言えない。父に知られたくはないし喋れない。私は心の中で決心した。家を出て何処かへ行こうと。決めると行動は早かった。風呂敷にセーラー服と数枚の着替えを包んだ。それを抱え私は家を出ようとした。母と姉が驚き止めたが、その手を振り払い飛び出した。しかし、電車に乗ろうにも手元には一円のお金もない。飛び出したものの、どうしたものかと途方に暮れた。神社には幾つかの建物がある。その軒下にでも身を寄せようと神社に行った。

薄暗くなってくるとやたら心細くなる。誰か迎えに来て欲しいと虫の良いことを考えた。しょんぼりと境内の石垣にもたれ、泣きたくなるのを必死で堪える。しばらくして、音もなく姉が側にやってきた。

「美江子、こんな所で何しているの。帰るよ」

手を引っ張る。ホッとしながらも私はふてくされた顔を背け、頑固に言い放つ。

「嫌だ、帰らねえ」

姉は強引に私を引っ張って家に連れ帰った。しぶしぶ家に入ったものの、私の手から風呂敷を取り、姉は中を開く。セーラー服を見て母と姉は顔を見合わせた。

「こんな物持って何処へ行こうって思ったの」

言える訳ないじゃない。雑誌で見た東京にでも行こうと思ったなんて。

翌日に父はお土産を持って帰って来た。この時ばかりは嬉しさよりも父に知られることが怖くて、心臓がバクバクし口から飛び出さんばかりだった。

「父ちゃんには言わねえで」

父に聞こえぬように、母と姉に必死で懇願したのである。

その後、父はある人の勧めで左官屋になった。定職につけなかった父が最後に辿り着いた職業だった。

村では昔から近隣でも有名な春の祭り、ご神事が行われる。この日は村全体が人、人、人でごった返す。珍しい物を観ようと都会からも訪れるし、村から出ていった人も帰って来て楽しんだ。

先祖代々培われてきた舞や踊り、笛、太鼓などは村人の手から次の世代に伝承されていく。それらは回り番となって長年引き継がれてきた。

笛や太鼓に合わせ獅子が舞い踊り豊作を祈願する。神社から始まり村の主だった小路を練り歩き、再び神社へ帰って来る。夕闇が訪れ辺りが薄闇に覆われる時間になると、四頭の獅子が、小学校の側を流れる大川に架かる橋の欄干から、逆さ吊りになり体をくねらせ鬣（たてがみ）を洗う、橋懸り（はしがかり）と呼ばれる儀式が執り行われた。バシャ、バシャと水が威勢良く跳ねれば跳ねる程、観客はどよめき祭りは最高潮を迎える。私がいた頃は毎年執り行われたが、若者が都会へ流出するに従い、祭りは三年に一度となってしまった。学校を卒業し故郷を出てから、あの荘厳なご神事には久しく出会えていない。

高学年になり私も多少落ち着いて来たが、苦手な科目はいつまでも苦手のままだった。いわゆる集中力がかなり欠如していたということだろう。

自分的には落ちこぼれのまま小学校を卒業。中学校は数年前に町の入口に新校舎が建てられ、姉の時から近隣の市町村の子供達が通っていた。

憧れ

中学校は一年生もクラスが五つあり、一クラス四十名前後いた。私は一年四組になり、担任は中年で中肉中背、顔は長く色黒の男性教師だった。

小学校の同級生はクラスに十人足らずしかいない。クラス中を見回しても、見知らぬ顔に囲まれ、心細い思いに駆られた。町の子供達は村の子供と違い、雰囲気が大人っぽく、皆頭が良さそうに見えた。何か自分達がとても田舎っぽく幼く感じられる。それでも毎日通ううちに少しずつ慣れ、二か月も経つ頃にはすっかり教室の雰囲気に馴染んでいた。その中でも気の合った女子も何人か出来た。

私は後ろの席にいる色白で背のすらりとした子と親しくなった。彼女は私を「美江子ちゃん」と呼び、私は「ミサちゃん」と呼んだ。初めはちゃんと呼ぶにはかなりの違和感があった。私達竹組は熊木先生の指導で「さん、君」と呼び慣れていたから。その呼び方は中学でクラスが変わっても、竹組の級友同士間では「さん、君」と呼び合った。

「美江子ちゃん達は〝さん〟で呼んでいたんだ」

ミサちゃんは不思議そうな、それでも感心したように言った。彼女を通して他のクラスの子達とも仲良しになった。ミサちゃんはおとなしいが利発な子だった。私とは全く違ったタイプだが、私達は常に仲が良かった。生理はまだこないが町の子達と接触したせいか、日常にちょっとした変化が生じていた。

ある日、彼女の家へ遊びに行った。彼女は近所に住む幼馴染みの房子ちゃんを紹介してくれた。彼女は私の目から見ると大人びて見える。クラスは違うが、時々学校の中でも話をするようになった。

中学では教科ごとに専門教師がいてその都度教師が変わる。担任は私の大嫌いな数学を担当していた。授業は進むのが早くて特に数学、理科、英語は、どんどん置いていかれた。

私が中学生になった日に、大学出の新人教師も赴任して来ていた。名前は忘れたが、若くバリバリの教師は、体育館で男子達とバスケットなどをして、コミュニケーションを図っていた。陰日向のない性格で、どの男子生徒からも慕われた。休み時間になると教師の周りには生徒が集まった。溌剌とし男子生徒と走り回っている姿は清々しくもあった。

そのうちに、ぱったりとその教師の姿が見えなくなった。

数か月後に後任の教師が着任した。社会科を受け持つ滝田先生である。この教師は私達のクラスの担当ではなかった。

私は窓から外を眺めるのが好きで、その日もぼんやり外を眺めていた。二階の校舎の窓から体育館が眺められる。男子達がそれぞれ小さな群れを作り騒いでいる。ボールを追いかける男子の群れの中に滝田先生がいた。男子生徒と一緒に子供のように走り回る。爽やかなその光景に私は見とれた。胸に小さなときめきが生まれた。やがて午後の授業を知らせるベルが鳴り響く。

その日を境に、私は滝田先生の姿を追い求めるようになった。初めて知る心のときめきに戸惑いながら。教科を通して接する機会はないが、休み時間や教室に向かう姿を追うだけで幸せを感じた。

季節が夏から秋へと移ろう頃に、胸の内を房子ちゃんに打ち明けた。彼女のクラスは先生が教科を担当していたので、ある程度の情報は彼女から得ていた。

「あのね、今度の日曜日、先生宿直だって。二人で先生に会いに行こうよ」

先生から聞き出したのか、そう言った。私に断る理由などある筈もなく、当日は胸を高鳴らせ、校門を潜り二人で職員室へ向かう。

憧れの先生を前にして私はどんな挨拶をし、どんな話をしたのかは忘れてしまった。ただ胸がいっぱいで何も言えなかったような気がする。

先生は置いてあるプリントを寄越した。社会科の問題用紙だった。教科書を見ずに考えて答えを書いて持っておいでと言った。先生と会えた、それだけでこの世の幸せを独り占めしたような気持ちになっていた。

私は自分の頭で考え空白欄を埋めた。翌日また二人で職員室へ行き、答案用紙を渡す。先生は午後になってからプリントを返して寄越した。体育館の片隅でお互いの点数を見せ合った。何と彼女は私よりもかなり高得点であった。

ずるい、房子ちゃん教科書を見て書いたんだ――。咄嗟にそう思った。何処から見ても、ミサちゃんより頭が良いとは思えない。

町の子って、こまっしゃくれているくせに、平気でズルするんだ――。まあ房子ちゃんのお蔭で会えたのだから、と腹は立たなかったが、心の底では面白くなかった。

中学校は町の外れにあり、私の住む村からも離れた先に位置している。丁度町と村を繋ぐ脇街道沿いにあった。小学校の級友の織恵さんが、中学でも同じクラスになった。級友同士ということで通学は自然と一緒になり、お互いに家まで迎えに来るようになった。彼女の家が通学路に近く、必然的に私が迎えに行く形になる。彼女の家に着き、名前を呼ぶと、返事は大概すぐ近くから聞こえた。便所は母屋から離れた小川の側にあった。

たまに寝坊して迎えに行く時間が遅れると、織恵さんが迎えに来る。家へは来ずに、桑畑の向こうから声が掛かる。

ひとコマだった。

三年間で何回こんな光景があっただろうか。今思えば田舎でしか味わえない、のどかな

「美江子さーん」

中学の三年間で、多くはないが心に残る友達が数人出来た。

柊優子さんとは小学校で一時期同じクラスだった。父君の都合で転校していったが、中学で再び転入して来た。紹介された時に、私はすぐに彼女を思い出した。昔から頭が良く、ずっとバイオリンを習っていた。高校受験の時に優子さんは親知らずが痛み、保健室で試験をして見事に合格した。私の自慢の友だ。

もう一人の友、出口緋沙子さんの父親は公務員なので転勤がある。村で勤務しその後に転勤したが、彼女はそのまま卒業するまで通った。私達は「サコ」「ミコ」と二人だけの時に愛称で呼び合った。

サコは生理も小学生の時に始まり時々学校を休んだ。ある時サコと生理の話をしていた。サコの場合は下腹がシクシクし、ひどい時は転げ回る程の痛みに襲われるという。それに便所で座っていると、血の落ちる音がするんだと言った。まだ生理のない私には理解出来ない。複雑な表情をする私にサコはある提案をした。

「今度、生理の時に教えるから隣に入ってみて」

「うん」

好奇心旺盛な私はサコの好意で経血の落ちる音を聞く、というおかしな体験をしたのであった。そして、少しだけ大人になったような気がした。

ある年の冬、師走の大売り出しで買い物をすると、大川橋蔵のショーが見られる副券が貰え、十枚揃うと正式な入場券が手に入るから一緒に行こう、とサコが言う。少女雑誌やブロマイドで顔は知っていた。時代劇専門の俳優である。甘いマスクと流し目で絶大な人気があった。

私は小説でも映画でも時代物が好きだ。夢があって楽しいし、空想の中で好きな人物になれる。その時はいつでも自分が主役だ。何とか十枚集め入場券を手に、二人で迎えのバスに乗り、長野の会場へ向かった。

会場内は熱気に包まれ、次第に高揚感が増してくる。ベルが開演をけたたましく知らせ、会場内が薄暗くなった。幕が開き、天下の二枚目スター、大川橋蔵が背広姿で舞台の中央に立っている。割れんばかりの拍手とどよめき。気がつけば周りの雰囲気にすっかりのまれ、あらん限りに黄色い声援を送っていた。

十八番の若さま侍の着こなしは堂に入ったもので、やっぱり似合う。それにあの流し目で見つめられたら、どんな女性でも虜になってしまうだろう。橋蔵だからこそ出来る唯一の技ともいえる。彼は映画で数々の作品を残した。中でも〝新吾十番勝負〟〝若さま侍捕り物帳〟などは連作ものだった。

テレビの普及でやがて映画も衰退を余儀なくさせられたが、一作品だけ橋蔵はブラウン管にその姿を現した。〝銭形平次〟で再び人気を博し、平次親分は長寿番組として、お茶の間を長年にわたり賑わせた。

大川橋蔵ショーは私にとって、自分が自分でなくなる瞬間を体験した、貴重な時間でもあった。

お風呂は五右衛門風呂で薪をくべて湯を沸かす。父親から順に入り家族が入った後は、たまに親しいご近所さんへ、

「お風呂へ入ってくんな」

と声を掛けに行く。お風呂に入った後は家に上がり、野沢菜を肴にお茶を飲み、ひとしきり世間話に花を咲かせる。野沢菜は各家で味が異なり話も盛り上がる。湯のみ茶碗が伏せられない限り、家人はお茶を注ぎ続けるのが信州の習わしだった。子供達は側にいても大人の世間話に割り込んだりはしなかった。

退屈な冬休みもワクワクする出来事があった。冬休みに入る前に房子ちゃんが、「滝田先生の家へ遊びに行こう。先生には言ってあるから」

ということで、町の駅で落ち合い下宿先へ行くことになった。母が新聞にくるんだ白菜を一つ持たせてくれた。私なりに小奇麗な格好で出掛けた。二人でバスに乗り、二つ先の町の下宿を目指す。どうやって聞き出したのか房子ちゃんは、先生に婚約者がいると私に告げたが、私には関係ないと、気にもしなかった。

大きな家の薄暗い玄関を開け、家人に来訪を告げる。出てきた先生は自室へ私達を招き入れた。小さな炬燵にそれぞれ座る。たいした話もなく時間の経つのが遅い。先生の落ち着かない様子が手に取るように分かる。不思議な感覚だ。

何故か先生は房子ちゃんにお金を渡し、

「ちょっと用事があるから、これで映画でも観ていったら」

体よく追い出された。この町には数件の映画館があった。

映画が終わり外へ出ると冬の陽は山裾へ落ちる寸前であった。二人でバスに乗り、私は家路に向かう道路の手前、千曲川に架かる橋の袂で降りた。一緒に彼女の住む町まで行くと遠回りになってしまう。それより歩いた方が早いと考えたからだ。

その選択で私は恐ろしい経験をする。

バスを降りた私は、国道から左に延びている道を曲がった。道の両側に民家はなく寒々とした畑や林檎畑が広がっている。この時間では終バスも既にない。

黄昏れ始めた中を、家路を目指してトコトコ歩き出す。冬の日は暮れるのが早く、見る間に暗さが増していった。胸の中は今日一日の楽しかった余韻が交差し、まるで夢見心地の気分に浸りながら歩く。

途中で綿入れの半纏を着て、長靴を履いた男児とすれ違ったのみで、後は人っ子一人出会わない。

ふと、誰かが問いかけているような声が聞こえ、我に返った。その声は後ろから聞こえる。耳を澄ますと、

「お前、中学生か」

そのように聞こえた。二度、三度、同じ問いを繰り返す。

さっき、すれ違った男の子だ……と思った。振り返るのも怖く、何故か走ることも出来ずに急ぎ足になった。突然、後ろから羽交い絞めされた。ビックリしてもがいたが、男の子は恐ろしい力で林檎畑の中へ私を引きずり込もうとしている。頭の中は真っ白で何かを考えるゆとりはなかった。必死で抵抗するがズルズルと少しずつ体が引きずられた。黄昏は既に闇を纏い始め、顔も判別がつかなくなる程の暗さを伴いだした。お互いが無言のま

ま揉み合った。相手は私を引きずり込もうとし、私は私でそうされまいと必死で抵抗していたのである。しかし、男の子の力には叶わない。

もう、駄目だ――。そう思いながらも抗い続けた。その時、道路上で揉み合う私達を認めた強烈な灯り、いや、ヘッドライトがまばゆい光を放ち停止した。

それでも男の子は執拗に私を放さず、光の中でなおも私を畑の方へ引きずり込もうとしていたが、ようやくヘッドライトに気づいたのか、慌てる様子もなく暗闇の漂う畑の中へと姿を消していった。

私は呆然とした感じでライトの中で佇んでいた。やがてドアの開く音と共に、

「大丈夫？　送ろうか」

女性が声を掛けて来た。私は慌てて首を振り、

「大丈夫です」

そう答えるのが精いっぱいで俯いた。何故か顔を見られたくなかったのだ。女性は私の気持ちを察したのか、

「気をつけてね」

そう言うと、ゆっくりと脇を通り抜ける。私は速度を落とした車の後を小走りに追い、踏切を渡った所で立ち止まる。私の姿を認めた女性は安心したように速度を上げ闇に消え

た。

私は何事もない顔をして家へ戻った。台所に通じる庭の軒下に置かれた七輪に、秋刀魚が油と煙を出し香ばしい匂いを上げている。

「お帰り。お風呂が沸いているから入りなさい」

何も知らない母が台所から声を掛ける。

「うん」

顔を見られないように脱衣所へ入った。風呂場であの男の子に羽交い絞めにされた体を、何度も何度も石鹸で洗った。いくら洗ってもあの時の穢れは消えそうもなかった。

私を助けてくれた車の持ち主は誰だったのだろう。村で乗用車を持っている人は見た記憶はないが、相手は私が何処の誰か分かっていたのかもしれない。でも女の子が襲われたという、噂が立つことはその後なかった。

私は黄昏が迫る中ですれ違った男の子の顔を、一瞬だが見たので覚えている。帽子を被り、細面で眼鏡を掛けていた。多分、同じ村の中学生だったのではないかと思う。以来、しばらくの間眼鏡を掛けた細面の男の子とすれ違うと、皆あの時の人物に思えて体が震えた。

不思議なものであういう時は、恐怖心というものは全く湧かず、何かを考える余裕すら生まれない。ただ、身に降りかかった現状から脱することに神経が集中していた。見知らぬ男の子に、十代にありがちな潔癖さが、衣服の上からであっても穢された、と感じたのであった。この夜の出来事を私は自分の胸にだけ収めた。

翌年、滝田先生は転任した。短くも儚い私の憧れにも似た想いは、こうして幕を閉じた。

我が家が貧乏だと子供心に認識したのは、自我が芽生えだした小学四年くらいだったと思う。だが貧しさを深く考えることなく過ごした。着る物や身の回り品は、姉や誰かのお下がりで不満はあった。が、生まれた時から両親の背を見て育ち、ものの善し悪しだけは自然と身についた。昼夜を問わず働く親の姿を目の当たりにして育った当時の子供は、動物的な感覚が鋭かったのではないかと思う。

母は生地が手に入ると、ブラウスやスカート、ワンピースを縫ってくれる。それらは私のよそ行きとなり、遠足や催しのある時に着た。

綺麗な服も髪飾りも欲しい。だけど現状は不可能に近かった。そこで私は得意の空想の世界で、あらゆる人物に変身する。その世界で遊ぶ時だけ、私は欲しい物をいくらでも得ることが出来た。

姉は私が小学生の時に中学を卒業し、集団就職で埼玉県大宮市の会社に就職した。お盆や正月休みには、お土産を沢山持って帰省する。

姉が帰省して来た日だった。久しぶりに会う姉にスルメを焼こうと、二帖程の自分の部屋で炬燵の布団をめくった。

その時は運悪く母が炭を継ぎ足したばかりで、馬鹿な私はスルメを焼こうと炬燵に潜った。頭からすっぽりと炬燵布団を被り、炭を熾そうと灰をよけ、口で息を吹き掛け続けた。

頭が割れるように痛い。気がつくと廊下の板に頭をゴンゴン打ちつけている。真冬の寒さに体はすっかり冷え切っていたが、寒さと冷たさと割れるような頭痛。口の中には押し込まれた氷の塊が。それらが相まって正気を取り戻した。

居間の炬燵に入り談笑していた母と姉は、異変に気づき、炬燵の中でぐったりしている私を、慌てて引っ張り出したという。私は思い切りガスを吸い込み一酸化炭素中毒に陥った。母と姉が気づくのがもう少し遅かったら、私はこの世にはいなかった。兎に角、九死に一生を得たのである。その時のスルメがどうなったのか、私は覚えていない。

中学校生活になれた頃から、音楽の時間になると、男子が若い女教師の授業を妨害し始めた。嫌がらせは日ごとにエスカレートしていった。授業の度になす術のない女教師は呆然と立ち尽くし、蒼白な顔面をひきつらせ教室を飛び出した。女子は、それを黙って見ていることしか出来なかったのである。


小学校の級友だった幸吉君が隣のクラスから突然入ってきて、

「僕は、艶子さんが好きだ」

と、告白する。教室内の全員が唖然とし、男子生徒の数人ははやし立てた。その後、二人が交際した気配はなかった。彼女は利発な娘で優しさも兼ね備えていた。顔色は乳白色で頬はほんのりと熟した杏色をしている。

彼女の頬をつまむと、肉はサラサラと指の間から滑るように柔らかな弾力を指先に残し、最後は元の頬へと収まってしまう。私達にはない頬の持ち主だった。つまんだ後の指には心地良い感触の余韻だけが留まっている。

三年の春、修学旅行で関東方面に行った。鎌倉の大仏、鶴岡八幡宮や浅草国際劇場、東大の赤門などを巡り大正園ホテルで宿泊。二泊三日の日程であった。男子は黒の学生帽に五つボタンの学生服。女子はセーラー服姿である。

宿に落ち着き、夕食後は就寝までお喋りに花が咲く。艶子さんが、

「美江子さん、ちょっと」

と私を呼んだ。

「あのね、バナナが一本あるけど、皆に分けられないから、分からないように二人で食べよう」

バナナという名前は知っていたが食べたことはなかった。本物だって見たことがない。ただ白黒テレビでバナナのたたき売りの場面を観て、バナナがどういう物か知っていただけである。艶子さんと私は布団に潜り込む。皮を剥くとバナナの香りが狭い空間に漂った。

「はい、これ」

薄暗がりの中で三センチ程のバナナを私に寄越した。口へ放り込む。それは今まで一度も味わったことのない味であった。熟したバナナ特有の芳醇な味と香り。口中に広がるもったりとした旨さ。生まれて初めて食べたバナナの味は強烈だった。二人は何食わぬ顔で布団から這い出し、艶子さんはバナナの皮を素早くリュックに滑り込ませた。

浅草国際劇場のラインダンスが当時は有名であった。綺麗な踊り子達が一列に並び、掛け声と共に足を交互に上げる。場内は照明を落とし、顔の判別がようやく出来る程度である。舞台で繰り広げられる場面に熱中していた私に、隣の席のおばさんが声を掛けてきた。

「あなた、修学旅行で来たの?」

「はい」

「何処から来たの」

「長野です」

「今、何年生なの」

「三年生です」

「あら、じゃ来年は卒業ね」

このおばさんは何を聞くのだろうと思った。おばさんの質問に私は素直に答えていた。

「実は、おばさんのところは食堂をやっているの。台東区にあるんだけど、とても忙しくて大変なの。学校を卒業したら、うちへ働きに来て欲しいと思って」

突然の申し出に何と答えたものか迷っているうちに、おばさんは言葉を続けた。

「おばさんがあなたの家へお手紙を書くから、お母さんが良いって言ったら来て欲しいの。住所を教えてくれるかしら」

最後におばさんは、包み紙を私の膝の上に載せ、

「これ、お土産。必ずお母さんに渡してね。おばさん待っているから、きっと来てね」

と、話し終えると席を立って出ていった。数分間のやり取りの中で単純な私は、卒業後の就職先がもう決まっちゃったと、ルンルン気分になっていた。

意気揚々と家に帰った私は、お土産を出した後で、雷おこしの袋を出し出来事を話し

た。父と母は何で住所まで教えたのかと驚き、

「たとえ手紙が来ても、そんなところへ働きに行かせられない」

と、馬鹿な私を強く叱りもせずに、呆れたように言う。私はぷっと口を膨らませた。親切にしてくれたおばさんに悪いと心の奥で思った。

数日して手紙が届いた。母がどんな内容の返信をしたのか知らないが、私の東京行きはなくなった。

正月が明けると、卒業後の進路を決めねばならない。各クラス内の率としては進学、就職は半々で本人の意志が尊重された。就職組は二月の末から定められた会場で、募集先の試験を受ける手筈になっていた。この頃の中卒者は〝金の卵〟と巷で呼ばれ重宝された。戦後は復興を担う人材確保にどの企業も躍起になっていたからである。

私は卒業したら働こうと決めていた。中学生になってから、親の苦労が少しは理解出来るようになったからだ。この頭では高校も落ちるに決まっている。義務教育だけで十分だ。勉強したければ通信教育を受ければいい。勉強嫌いな私は、進学の進の字も頭にはなかった。

「姉ちゃんとも相談したんだけど、お前が高校へ行きたいなら行ってもいいんだよ。父ちゃんには母ちゃんから言っとくし、お金は心配しなくていいからね」

炬燵に入った私に、母が真顔で言う。隣で正月休みに帰省した姉も頷いている。だが私はきっぱりと行かない、と答えた。

早く働きに出て両親にお金を送り、少しでも楽をさせてやりたい――。そう考えていたことも事実だが、私の本音は別にあった。やっと勉強から解放され自由になれるのだ。はち切れんばかりの夢や希望、憧れが山程あり、輝かしい未来が開けていると疑わなかった。私の心は既に未知の世界へ向け羽ばたき始めているのだから。

名古屋、岐阜、大阪方面は、紡績会社がひしめき合っていた。金の卵は何処もかしこも引く手あまたであったが、最初に選んだ豊田紡績は落ちてしまった。次に恐る恐る受けた別の紡績会社は何とか受かり、出発の日を迎える。着替えや布団は既にチッキで就職先に送ってある。町の駅は送る人、旅立つ人でごった返す程の人の波で埋まった。

子供を見送る為に家族全員が町の駅に集い、そこへ中学校の先生や就職先の引率責任者なども混じる。先生方は引率責任者と連携し手際よく各方面に生徒達を分けた。

次は就職先ごとに一括りにされ列車に乗せられた。車内は中卒の男女で満員だ。見知らぬ同士が隣り合わせ、言葉もない。ある者は無表情で、ある者は親元を離れる心細さを健気に耐え、または涙し、それぞれの感慨に沈んでいた。

私は次々と変わる車窓を眺めながら、短くも長かった十五年間の出来事を思い浮かべていた。やんちゃな小学生時代、学校近くの洞窟探検、雪合戦で男子に雪の中に顔を押しつけられ、苦しくて死ぬかと思ったこと。小遣い稼ぎにヨモギや柏っ葉採り、線香花火も縒った。秋は村中総出の運動会、冬の学芸会などなど。

中学生になってからは淡い恋もした。マラソン大会で二位になったこと。真夏の夜に出稼ぎ労務者の若い男に抱き締められ、家の周りをうろつかれ怖かったこと。

父と夜、裏の川へ魚捕りに行った時に、目の前で踏切に進入したオート三輪が電車と衝突した。運転者は衝撃で飛ばされ桑畑に落下し、首が桑の切り株に刺さった。私は大声で泣きながら家に帰り、飛び出してきた母に「父ちゃんが、父ちゃんが」と訴えた。母は父が事故に遭ったと思ったという。九死に一生を得た男性が後日、親と挨拶に来たこともあった。

ミサちゃんと友達になり、その頃流行していた平尾昌晃の「ミヨちゃん」の歌詞、

♪僕のかわいいミヨちゃんは　色が白くてちっちゃくて　前髪たらした〜、を、

〝ミヨちゃん〟を〝ミサちゃん〟、〝ちっちゃくて〟を〝大きくて〟、前髪を〝垂らさない〟に替えて歌って、ふざけ合った。

年に数度催される文部省推薦の映画。体育館はいつも満員だった。数少ない娯楽を村中で楽しんだ。折々に遊んだ朝日山に千曲川。それら諸々が列車の振動と共に流れ去ってい

く。

いま、私は社会人としての第一歩を踏み出したのである。

集団就職

名古屋駅に着くとバスが待っていた。目的の工場に着く前に名古屋港や、デパートなどを観光し、夕方に紡績会社の工場の門を潜った。

ここが今日から私の職場であり住まいとなる。塀に囲まれた広い敷地。入口は一か所で常に守衛が常駐していた。幾棟もの宿舎がずらっと並び、渡り廊下で工場、食堂、その他諸々の建物へと繋がる。

事務所の前で部屋を割り当てられ、責任者である先輩が私達を部屋へと案内する。チッキで送った布団や柳行李は、既に部屋に運び込まれていた。荷札を確認して、与えられた押し入れに収めた。行李の中には日常の道具と着替え類が詰まっている。母に叱られながら縫った、メリンスの合わせ着物や浴衣なども。片づけが済むと食堂に案内された。

食器盆を持って並ぶ。ご飯、味噌汁、おかずなどが次々と手際よく係の人の手で盆に並べられていく。長いテーブルに座り、故郷を離れて初めての夕食。信州味噌になれた舌に味噌汁は不味かった。名古屋特産の赤味噌だと知る。この味噌汁の中で唯一、今でも味わってみたいと思うのは、里芋が入った味噌汁である。

ルームメイトは、責任者である先輩を含めて六人いた。出身地は南は九州から北は中部地方辺りまでと多彩だ。

床に入り眠ろうとしたが、疲れと興奮の為か、すぐには寝つかれない。明日からどんな仕事をするのだろうかと、ワクワクした気持ちと不安が入り混じり、寝不足気味で朝を迎えた。

思えば働く為に試験を受けたが、仕事の内容までは聞かなかった。紡績会社とは何をする所なのかも知らず、私達は流れのままに集団就職をしたのであった。

就業時間は早出と遅出があるが、慣れてからシフト通りの勤務になった。初日は自分達が受け持つことになる、工場内の数か所の仕事内容を説明して貰う。

私が配属された部署は簡単に言うと、切れた糸を繋ぐ作業をする部署だった。広い工場内に巨大な機械が轟音を立てて回っている。一台の長さが十メートルはありそうだ。その表裏に糸を巻く全ての作業が効率よく組み込まれていた。機械は目の高さより高い所に、原綿を入れた籠がずらっと並び、その綿が定められた穴を通り、外側の掃出し口から細い流れとなって、ローラーとローラーの間に吸い込まれる。二本のローラーの下には、ボウリングのピンくらいの細めの糸巻きが横一列に並ぶ。片側だけでもかなりの本数があった。まず切れた糸を繋ぐには糸巻きから切れた先端を持ち、ローラーに吸い込まれている細い流れを掬い取り、両方を繋ぎ合わせなければならない。糸巻きはローラーと同じ回転で回り、細い流れは縒られ、規則正しく上下運動を繰り返し見る間に糸が巻かれていく。

初めて練習した時、流れる糸の掬い方を教えて貰った。最初はなかなか上手く行かなかったが、何度か練習するうちに取れるようになった。

注意事項としては、ローラーに手を挟まぬようにすること。挟まれても機械をすぐには止められない。挟まれたら引き込まれ命に関わる事態になってしまうとのことだった。私は機械の電源が何処にあるのかも知らなかった。

ある程度慣れると一台から二、三台を割り当てられた。私はすぐに慣れ一か月もすると五台に、それに慣れると更に台数を増やされたが、余裕で仕事を日々こなした。

五月一日は労働者の祭典、メーデーの日であった。私は訳が分からないながらも、労働者の一員として参加した。紡績会社に働く全員が赤い鉢巻を締め、列を作って舞鶴公園に向かう。途中から他の紡績会社の人達も加わり列は長い帯となる。

♪がんばろう　つきあげる空に　くろがねの男のこぶしがある　燃えあがる女のこぶしがある　闘いはここから　闘いは今から

全員が一丸となって「がんばろう」を合唱しながら、時には拳を振り上げ要求を声高に叫び歩いた。赤や白の旗、のぼりがあちこちで翻る。公園内は人の波で埋め尽くされ、熱気を孕んだ空気が五月晴れの空に立ち上がっていた。遠くの壇上に上がった人が拡声器を持ち何か演説をし、それに応えたどよめきが湧き上がり、いやが上にもメーデーは盛りに盛り上がった。

また、会社側は数種類の習いごとが出来る部署を設けてあった。私は迷わず洋裁のドレメ式（杉野）を選んだ。理由はもともと手先が器用なのと、洋裁の基礎を身に付けておけば、頭に浮かんだ様々な型のデザインの洋服を、自在に縫えると思ったからに他ならない。

初めての給料は食費や諸々の経費を引き、手取り約三千円。早速千円を両親の元へ送り、残りは習いごとの月謝を払い、後は小遣いと貯金に回す。この金額でも欲しい物は買え、まだどのくらいかの余裕もある。

やがて隣の部屋の川田久子と友達になった。彼女は岐阜の出身で私より少し大柄な綺麗な子だ。その頃私は人物画や漫画を描いていた。言葉を交わし、偶然趣味が同じであることを知り、すっかり意気投合したのである。自由時間に彼女と漫画の話をし、描いた原画を見せ合った。

名古屋の夏は暑い。それも半端な暑さではなかった。名古屋は盆地で丁度擂り鉢のような地形の為に、夏は暑く冬は底冷えする気候だという。蒸し風呂のような暑さと湿気、それは私の仕事にひどいダメージを与えた。回転している糸が次々と切れてしまうのである。その時に私は十台を超える機械を任されていた。必死になって走り回っても間に合わない状態に陥った。台数を減らして欲しいと懇願しても、減らしてくれない。糸を繋げるのを焦るものだからますます繋げなくなる、悪循環だった。

ある時、細い流れを取り損ない人差し指がローラーに挟まれそうになった。吸い込まれそうになる指を必死で引っ張り、何とか難を逃れた。

それは一瞬の出来事であったが、私の心に恐怖心が芽生えた。ほんの少し挟まれただけなのに指は痺れている。責任者に原綿を運ぶ部署に回して貰い、ほっとしたのも束の間四、五日でまた元の職場に戻された。台数は減っても思うようにいかない日々が続いた。

そんな中にも会社では様々なイベントが催された。八月は敷地内に櫓を組み盛大に盆踊りが開かれる。夜は浴衣を着てルームメイトと盆踊りを楽しんだ。海水浴にも行った。知多半島の河和に海の家が用意され、昼食にはお茶とおにぎりが用意されていた。運悪く私は生理で海に入れなかったが、太平洋に続く知多湾の潮風を胸いっぱいに吸い込んだ。

名古屋には色々美味しい食べ物があり、名物に〝大須ういろう〟がある。私は普通のういろうより、蒸しういろうが好きで、買うと歩きながら一本をぺろりと平らげたものだ。その他に栄町によく出掛けた。栄町のパーラーでは、みつ豆や善哉等の他に三つ揃いという三種類の甘い商品がセットで注文出来る。甘い物に目がない私は時々食べに出掛けた。

それから初めて食したものがある。新聞にくるまれた三角っぽい食べ物を、皆が美味しそうにほおばっていた。そんな光景を頻繁に目にし、何だろうかと不思議に思っていた。売っているお店は小さくてひなびた構えの所が多い。ある日、意を決し注文してみた。ひと口かぶり吐き出しそうになった。旨い、というには程遠い代物で私的には不味い。程なくその食べ物がお好み焼きであること、小豆に見えた黒っぽい物はソースであることを知った。今ではよく食べるが、当時のお好み焼きは卵と粉で練られた生地に、ソースを塗っただけのシンプルな物だった。

蒸し暑い夏の午後、仕事を終えた私は最近顔見知りになった、二つ先の部屋のまっちゃんと顔を合わせた。彼女は痩せた感じで顔は色黒く少し出っ歯で、細い目が吊り上がり気味の娘だった。同じ世代の私達はすぐに意気投合した。

この時は気づかなかったが私の欠点は、人を疑うことを知らないということだ。悪く言えばお人好しそのものである。

そのまっちゃんが部屋へやって来て、今晩外へ行かないかと誘った。話を聞くと、先日町で知り合った男の子と会うことになっている。相手は友達も連れて来るらしいが、心細いので一緒に行って欲しいと言う。

「会って話をするだけだから」

用事もなかった私は安易に承諾の返事をした。夕食後、二人で連れ立って約束の場所へ電車に乗り向かった。日はとっぷりと暮れムシムシした気怠い暑さが漂う。

電車を降りるとお堀のある大きな公園の前に出た。まっちゃんは入口に向かって歩いた。入口には二人の青年が人待ち顔で佇んでいる。涼を求めて幾人もの男女が公園にやって来る。

まっちゃんが一人の青年に話し掛けた。お互いにペアになって歩き出す。公園の中程へ来た時に、まっちゃんとペアの青年が言った。

「ここから別々に行って、また後で落ち合おう」

私はびっくりした。話をするだけなのに、どうして別々の行動をせねばならないのか。一緒でいい、と言ったが、二人は素知らぬ顔で行ってしまった。行こう、と相手が促す。一抹の不安はあったが仕方なく歩き出す。やがて青年は散策路を外れ一瞬たじろぐ私に、

「静かな所で話をしよう。何処も人だらけだからさ」

と言うと、街灯の届かない暗がりへと向かう。丁度お堀の手前が土手のようになった場所があった。

「ここなら、ゆっくり話が出来そうだ。座ろうか」

腰を下ろすと相手の顔が何とか判別出来る程度の明るさしかない。知らない相手にどんな話をすれば良いのか。相手もじっと押し黙ったままだ。やがて青年の手が肩に触れ、私は思わず身を固くした。次第に青年の呼吸が荒くなり私を押し倒した。必死に抗うが身動きが取れない程の力で私を押さえつける。助けを呼ぶ声すら出せない。一度経験しているのに、私は男の力の強さを再度実感したのである。所詮女は女であって腕力では勝てないことを、思い知った瞬間であった。私が強く目を閉じたその時、一筋の眩(まばゆ)い光が浴びせられた。

「何をしているんだ！」

公園内を巡回していた警備員だった。私は咄嗟にその閃光から顔を反らせた。二人の警備員は青年に向かって、

「何をしているんだ！　その女の子はまだ未成年じゃないのか」

強い口調で詰問する。青年はしどろもどろの弁解を繰り返す。

「もう遅いから帰りなさい。こんな所にいては駄目だ」

青年の返答を聞き、次には諭すように柔らかい口調で言った。私は黙って顔を伏せた侭でいた。やがてライトの光が離れ、私と青年は公園の入口に向かって歩き出した。

宿舎に戻ったのは夜中だった。寮の管理を任されていた同室の女性が、私の帰りを待っていた。何処へ行っていたのか、などと詰問されても答えられる筈もない。私がまっちゃんと出掛けたことも知らない。今夜の出来事を話せる訳もなかった。結局私はこっぴどく叱られてから放免となった。その夜を境に私はまっちゃんから離れた。

夏が去り秋風が立つ頃になっても仕事の感覚は戻らず、一度覚えた恐怖が邪魔をして、私の手は初めの頃のようにスムーズに糸を揃えなくなっていた。部署を変えて欲しいと訴えても、叶えられない。次第に仕事が苦痛になって来る。この仕事を辞めたい、そんな思いが日増しに強くなった。

正月休みに帰省した折に、両親に辞めたいと打ち明けた。初めは渋っていたが私の気持ちが変わらないことを知り、お前がどうしてもと言うなら仕方ない、と許してくれた。三が日を過ごし、足取りも軽く工場に戻った。日にちを見計らい事務所の責任者に辞めたいと申し出た。責任者は試験時から担当し、工場まで引率してきた人である。私の申し出は一笑に付され、真剣に取り合ってくれない。

「両親は辞めても良いと言っているから」

「本当にそんなこと言っているの。じゃ、確かめに行ってくるから」

「いいですよ、本当にいいって言ったんだから」

そんなやり取りをした数日後に、私は事務所に呼ばれた。

「両親の話では辞めて欲しくはないし、出来ることなら長く続けて欲しいと言っていた」

「でも、私はもう辞めます」

「親御さんの許可がない限りは辞めさせられないな」

どう言っても、うん、と承諾の返事はしてくれない。業を煮やした私は、

「じゃ、いいです。私、家出しますから」

と腹立ちまぎれに叫んだ。

「家出じゃないよ」

「じゃ、会社出します」

「ハハハ、いいよ」

押し問答の末に売り言葉に買い言葉とでも言うのか、私の吐き出した言葉に対して責任者は、出来る筈はないと思ったのか軽く答えた。憤懣やるかたないとはこのような場面を指すのであろうか。私は憤ったまま事務所を後にした。たとえ売り言葉に買い言葉であろうが、即実行に移すのが私の性格である。この責任者は私の性格をかなり甘く見ていたに

違いない。田舎育ちの娘が親の許可もなしに、会社を出るような愚かな真似はしないだろうと高を括っていたのだ。

程なく私は実行に移す準備を密かに始めた。第一段階は新聞を買うことだった。名古屋市内の求人欄を探る。休日の夕方に、目星をつけた所へ電話をして出掛けた。場所は栄町界隈である。てっとり早く働くには自由業が良いと考えた。向かった先は酒場のような感じだが、やけにだだっ広く閑散とした店だ。まだ開店していないのか客は誰もいない。

数行の求人募集欄からどの程度の店か判断するのは難しい。私が描いていた感じとはかけ離れていたが、今更戻る気もなかった。店のマスターは私を未成年と判断したのか、

「んー、ここでは無理だな。ちょっと待って」

じっと見つめていた視線を逸らし、何処かへ電話を掛けた。

「ここよりいい所を紹介するよ」

入り組んだ路地を抜け数分の場所へ私を案内する。複雑な気持ちで後をついていく。こじんまりした玄関を潜るとすぐ横の、廊下沿いに長椅子だけがある部屋へ通された。

「少し待っててね、今忙しい時間だから、女将さんに話はつけてあるから」

そう言い残し、マスターは姿を消した。長椅子以外何もない狭い空間で、私はここがどんな店なのかを考えた。ざわめきが聞こえる。忙しく動き回る雰囲気が、空気を通して耳

に伝わった。

なかなか女将は現れない。小一時間も待っただろうか、帰ろうかな、と思った時だった。

「あんたかい、○○のマスターが連れてきた子は」

いきなり入って来たのは、のっぺらした顔に真っ白な化粧を塗りたくった女将らしき人だった。私は驚いて立ち上がった。派手な着物姿で真っ赤な唇が動く。じろりと私の全身を一回り眺め、吐き捨てるように、

「ここは、あんたのような娘が来る所じゃないよ。うちでは雇えないから、お帰り」

それだけ言うと女将は出ていった。私は何となくほっとした気持ちで表へ出て、割烹のような構えの店を後にした。

古都の青春　初恋

折角探した求人先は、マスターや割烹の女将の判断であえなく撃沈した。しかし、それしきのことでくじけるような私ではない。毎日、新聞の求人欄を物色し続けた。

求人欄は近畿一帯が対象となっている。自分に見合った先がないかと、紙面を見ていた

私はある欄に釘づけになった。募集先は京都の観光旅館である。住み込みＯＫ、保険あり。

京都は憧れの地であるが、この時の私は紡績工場を飛び出すことを優先していたので、他の都市までは考えていなかった。しかし夢にまで見たその京都が、新聞の募集欄に載っていた。思いがけない展開に電話のダイヤルを回す指に力が入った。電話口の男性に用件を告げると、すぐ女性の声に変わった。女性は優しい声で私の問いに答える。

「うちは学生や団体客が相手の観光旅館なので、安心して働いて貰えます。貴女の都合の良い時に来ておくれやす。待ってますさかい、来る時は連絡してくれますか？」

耳に心地良い京都弁が響く。私の心は既にダイヤルを回す時から決まっていたが、女性の持つ雰囲気が私を安心させた。

決行は休日を利用した。私が密かに工場を抜け出すことは、信頼のおける久子ちゃんにだけ打ち明けてあった。部屋の仲間に気づかれないように荷物の整理をする。密かなので、荷物は最小限に留めよう。紙袋に着替え二枚程度と下着類をそっと詰め込む。残りの衣類、雑品は全部柳行李に整理し、詰めた。布団は行李の上に三つに畳んで載せた。

胸が早鐘を打つ。紙袋を持つ手が震えた。まだ三月だというのに脇に汗がにじむ。久子ちゃんが駅まで送ると言うので、連れ立って工場の門を出た。守衛がのんびりとした顔をして見送ってくれた。

「美江子ちゃん、何処へ行くの？」

「うん、大阪だよ。すぐには知らせられないけど、少ししたら手紙出すね」

私は嘘をついた。本当は京都なのに、大阪と言った。彼女は私の言葉を疑わなかった。

「気をつけてね。ちゃんと手紙、頂戴ね」

改札口で少し寂しそうな顔をして言う。気持ちは既に京都へ向いているのに、心がチクリとかすかに痛んだ。

車窓を流れ去る景色を眺めながら、私の目は景色を見ていない。これからどんな生活が待っているのか、期待に十六歳の胸が弾む。

こうして紡績工場を飛び出した私は、紙袋一つを抱え、久子ちゃんに見送られて名古屋を後にした。

真冬の陽は傾くのが早く、京都駅に着いた頃は既に夕闇が広がり始めていた。改札を抜け広場に出ると、駅前はイメージしていた風情とはかけ離れた様相を呈していた。目線の先の中央よりやや左に、古都に不釣り合いな京都タワーが浮かび上がっている。夕闇が漂い出した時間帯の微妙な刻の為か、あいまいな光を纏い始め幻想的ではあったのだが……。

しばらくはぼんやりと立ち尽くしていた。左右に首を回して見たが千年の都の面影は見当たらない。何処もかしこもビル、ビル。がっかりだ。折角京都に来たのに、と思いつつタクシー乗り場に向かう。行き先を告げ、流れる街並みを目で追った。タクシーは駅前からすぐに烏丸通りに入る。広い道路の中央は桜並木で遮断され一方通行となっていた。左側に東本願寺、西本願寺の白い壁が続く。それを目にして少しだけ京都だと納得する。

やや走ると車は右に折れた。さほど広くない道を行く。左側に小さな門構えの古びた寺らしき建物を通り過ぎた。後に知ったが六角堂である。いけばな・池坊の本拠地だ。

車が停車した。土壁で囲まれた吉富旅館は、玄関の横に大きな看板が縦に掛かっていた。両開きの硝子戸を開け、中へ入った。帳場に座っていた男性に声を掛けた。

電話口に出た女性はここの女将だった。色白で中年太りの女将は、私の来訪をにこやかな笑顔で迎えてくれた。分からないことは聞いてと、たーちゃんと呼ばれる女性に私を任せた。彼女は二十代後半の優しい目をした人であった。

最初に案内された所は従業員部屋である。旅館は木造の二階建てだが、二階の中央に狭く急な階段があり、一部分だけ三階になっている。階段の手前横に布団部屋と男子従業員の部屋があった。

狭い階段を少し屈みながら上がった。細い廊下が左右に伸び左側は板前の部屋、右側は女性従業員の部屋になっていた。右側の奥にも細長い洋風の部屋が二つあり、この部屋は階下に空きがない時に添乗員が泊まる部屋だという。左右に伸びた廊下の右は、屋上へ出るドアがあった。屋上からの眺めはまた格別である。民家や社屋の屋根が眼下に見渡せ、西に六角堂の屋根がちょっと背伸びした形で見えた。また東側の彼方は、あまたの神社仏閣を懐に抱いた東山連峰の稜線が望めたのである。

観光旅館の繁忙期は特に春と秋が忙しい。春は桜、秋は紅葉を目当てに観光客が殺到した。私が勤め始めた時期は冬の終わりで、たまに個人客がポツポツ来る程度で、客が来ない時は春に向け布団の包布、シーツ掛け、浴衣や丹前の繕いに精を出す。普段出来ない作業をするのだ。広い部屋に布団をうず高く積み上げせっせと取り替える。忙しい時によけておいた傷んだ浴衣を縫う。それらは女性従業員の仕事であった。冗談を交わしながら進める針仕事もまた良いものであった。

従業員のほとんどは住み込みで働いている。女性は全部で十人程度だった。一番年配の筆頭はお時ばあさん。皆はお時さんと呼ぶ。この人は台所の係で年齢は分からない。白髪交じりの頭で少し腰が曲がっている。生粋の関西人らしい。いつも前掛け姿で腰に日本手ぬぐいを挟んでいた。もう一人の年配の女性とたーちゃんは、先生や添乗員、団体のお偉方などの接待を受け持つ。

旅館の仕事は何もかもが珍しく、全てが初めての経験だった。台所の当番も回り番である。

旅館は市内のほぼ中心にあった。前の通りはきらびやかな店はないが、民家も混じった古都らしい雰囲気が残っている。近所には呉服の卸問屋、扇屋、交差する通りから左右に入れば規模の小さな旅館やコーヒー店など静かな風情を漂わせた中で営業をしていた。また通りを東に歩くと突き当たりは新京極と呼ばれる繁華街に出る。ありとあらゆる娯楽が所狭しと並び、お土産類も豊富だ。

新京極の一筋手前は寺町通りで、茶道具から仏教に関する品々がずらっと店先に並ぶ。

私は昼間の空いた時間に、そろりと表へ出てみる。旅館を中心に何があるのかを覚える為に、出る度に少しずつ距離を伸ばし新京極まで行ってみた。迷子にならないように、常に周囲の確認は怠らない。映画館はずらりと和洋入り乱れ数館が軒を連ねる。中程の四条通りに近い左側は花見小路。狭い路地が幾つかあり、小さな店がひしめき合っていた。

そうこうしているうちに冬は去り、あっという間に華やかな息吹を感じる季節が訪れた。観光旅館の掻き入れ時だ。団体客や修学旅行生が目まぐるしく、入れ替わり立ち代わりやってきた。私達は早朝四時頃には起き出し、人数分の朝食を用意しなければならない。段取りとしては、お膳に並べる料理を一品ずつ人数分、皿や小鉢、椀などに入れて積み上げておく。用意が出来たら、たいして広くない台所に、十膳ずつ積んだお膳に、箸を皮切りに手際良く漬物、焼き物、小鉢、椀物、茶碗などを並べる。

和食には昔から決められた置き方があった。私はここでその手順をしっかりと身につけた。

朝食の用意が終わると次は、各部屋に起床時間を知らせて歩く。部屋に入り声を掛けてから、布団を畳んで押し入れに詰め込み、次の部屋へと順繰りにこなしていく。次はお膳を各部屋へ運ぶ仕事が待っていた。ベテランは十脚のお膳をひょいと持ち上げ、器用に部屋まで運ぶ。私は二膳か三膳を持つのがやっとだった。しかし、毎日同じ動作を繰り返していると自然にコツを覚え、少しずつ一度に運ぶお膳の数が増えていった。そのうちに十膳でも平気になり、階段も低い所は腰を屈めてやり過ごせるようになった。

だが慢心は失敗の元、うっかり上の膳が天井に引っ掛かり失敗したこともあった。他の従業員もたまに私と同じ失敗をやらかす。そんな時は板さんに平謝りし、新しく作って貰う。板さんもそこは心得ていて余分に作ってある。

板場は調理師の神聖な場で、特に私達女性は滅多に板場に足を踏み入れることはなかった。

朝食が済み、九時頃になるとお客は観光に出掛けるので、男性従業員と二人で割り当てられた部屋を掃除して歩き、掃除の後は夕方まで思い思いに過ごす。

京都へ来て迎える初めての春。お時ばあさんが私を円山公園へ誘った。春の柔らかな日差しの中、新京極を抜け四条通りへ出た。左へ曲がると真っ直ぐ先の正面に八坂神社の石段があり、その奥が円山公園となる。八坂神社の右手には八坂の塔、円徳院、高台寺、清水寺、左手は知恩院、石畳の小路沿いに南禅寺、哲学の径を散策しながら進むと永観堂など、有名な神社仏閣が点在している。

お時ばあさんは私を甘味処に招き入れ、三色団子をご馳走してくれた。

「京都のこの辺はなあ、道が碁盤の目に通っているんや。京の人は道の名あを覚えるのに節をつけて覚えるんどっせ。このすぐ先の御池から順に姉三六角蛸錦、四綾仏高松万五条、言うてな。縦横あるのやけど、縦はよう覚えてはらへん。兎に角、京都の中心なんやで」

私は感心したようにお時ばあさんの説明に耳を傾けた。確かに節をつけて通りの頭文字を覚えれば、たやすく幾つもの通りを覚えられる。例えば迷子になっても通りの名前が分かれば、簡単に元の場所へ戻ることが出来るのだ。市内の道は碁盤の目に並んでいる。こうして町の至る処で何代にもわたり受け継がれてきたのであろう。

それからお時ばあさんは、円山公園の枝垂れ桜を見せてくれた。園内の桜は何処も満開で、その中でも薄紅色の枝垂れ桜は一際鮮やかな色彩を放ち、咲き誇っていた。見事としか言いようがないその風情に圧倒され、私はしばらくの間うっとりと見とれた。

お時ばあさんは、自分に関わる身内の一切合切を語ろうとはしなかった。子供がいるのかいないのか、出身地は何処か誰も知らない。ただ黙々と台所の賄いの仕事に従事し、休みの日は好きなパチンコを楽しんでいる。私はお時ばあさんが亡くなるまで、隣に布団を敷いて休んだ。

仕事も順調に慣れた。観光旅館の忙しい時間帯は、朝と夕方から夜にかけてだ。お客を送り出し、部屋の掃除が済めば自由になる。その時間と休日を利用し、私は市電やバスを乗り継ぎ、観光をして歩いた。バスも市電も四条通りへ出れば乗れる。交通の便は至極良い。

また高校の夏休みを利用して、長野からサコが会いに来た。親の承諾を得た上で、日程を組み、吉富旅館に宿泊をした。私も休みを取り、サコをあちこち案内して歩いた。東映撮影所へは市内を流している葵タクシーを利用する。時のスター月形龍之介が経営しているタクシー会社で、運転手に告げると簡単に見学が出来たのである。

二日目は生憎と団体客が入っていた為、裏の本館への宿泊となった。私が働いている所は別館で本館の女将は姉であった。時々顔を合わせるうちに、いつの頃からか私を〝こけしちゃん〟と呼ぶようになり、可愛がってくれた。

夕方宿に戻った私とサコは二階の部屋へ通された。ここも団体客が入っているようで、賑々しい雰囲気に満ちていた。だが、待てど暮らせどお膳が運ばれて来ない。時々、美味しそうな匂いが漂ってくる。日中はあちこち歩き回っているのでお腹がぺこぺこだ。私はイライラした気分を抑えられずに、とうとう担当の女性に文句を言った。

翌朝、女将がやって来てコンコンと説教をされ、私はシュンとしてしまった。気まずい雰囲気の中で、朝食を摂らねばならなかった。若気の至りである。何せこの頃の私はかなりの短気で、小生意気で自分本位な人間であったと言わざるを得ない。

翌日は別館に戻ったが悪いことは重なるもので、その夜にサコが腹痛を起こしてしまった。旅館のかかりつけ医がやって来て診察した結果、食中毒と診断された。部屋は勿論、トイレ、洗面所が消毒され、サコは部屋から一歩も出られなくなった。二日程寝込み、大分良くなったところで、サコは長野へ帰った。

後日、サコからの電話で単なる腹痛だったと判明した。折角の楽しい筈の旅行も、最後は苦い思い出に終わったのである。

サコの一件から大分経った頃、紡績工場で仲良しだった川田久子が私を頼ってきた。

彼女は工場を辞め実家に戻っていた。電話や手紙のやり取りはしていて、京都に行きたいと漏らしていた。親の承諾を得て来たと思ったが、黙って出てきたと聞きビックリ。しかも私はその事実を知らされても、彼女を叱るどころか決心の堅さに同意し、

「久ちゃんがどうしても帰りたくないなら仕方ないけど、家に知らせるのはすぐは駄目だよ。半年くらいは知らせない方がいいよ」

などと悪知恵を授けた。始めはそうだね、と同調していた彼女は日が経つにつれ里心が湧いてきたようで、ひと月経った辺りで我慢出来ずに実家へ連絡をしてしまった。両親が飛んで来たのは言うまでもない。

応接室で彼女と両親、女将が話し合いを始めた。久ちゃんは俯いたまま荷物の整理を始めた。その姿を見つめながら、裏切られたような気分がした。玄関で見送った私は、両親の憎しみを込めた眼差しに一瞥された。女将は私を咎めなかった。

以後久ちゃんとは二度と会うことはなく、友を失う代償として私の心の教訓となった。


私も、いったん休みを取り家に帰ることにした。紡績工場を飛び出して一年振りの帰省である。嬉しさ半分、不安半分を胸中に夜行列車へ乗る。お土産をトランクいっぱい詰めて持つ夜汽車の旅は、言い表せない程の複雑な心境が道連れだった。

親に電話するのも結構勇気がいった。電話口に出た母は、静かな口調で不出来な娘の帰省を喜んでくれた。だが肝心なのは父だ。果たして父が私をどう迎えてくれるのか、そればかりが気になった。

まんじりともせずに迎えた明け方の朝もやの中に、ぼんやりと霞む善光寺平が浮かび上がる。車窓から善光寺平が一望出来る姥捨の辺りに差し掛かると、私はホッとした。故郷へ帰って来られたと安堵する心。千曲川がゆったりと流れ、藁屋根の間から立ち上る一筋の煙。もうすぐ懐かしい我が家へ戻れる。そう思うと体中が喜びに打ち震えた。

降りた駅の改札口を出て、タクシーに乗った。夜は白々と明け始め、日の出前の微妙な静けさに包まれていた。心臓の脈を打つ音が次第に大きくなる。玄関を潜り、居間の硝子戸の前に心なしか震えながら立つ。居間の壁側の炬燵に父が正面に座り、煙草をふかしている姿を捉えた。

私は声を掛ける勇気が出ず、途方に暮れ、立ち尽くす。父は目を合わそうともせず微動だにしない。母は台所にいるのか私に気づかなかった。

どれだけ立ち尽くしたのだろうか。冬の寒さがしんしんと体を凍えさせていく。でも動くに動けない。

父としてもどう声を掛けていいのか迷っているのか。それとも許してはくれないのだろうか。私には分からない。台所の母がようやく居間に顔を出し、庭に佇む私を認めた。

「早く入りなさい」

硝子戸を開け、招く。私は恐る恐る居間に上がり炬燵に足を入れた。炬燵の温かさに涙が溢れポロポロと零れ落ちた。

「紡績工場から電話が来て、父ちゃんが飛んで行ったんだよ。会社の人は〝娘さんはしっかりしていますから、勤め先を決めていったと思いますが、会社としては警察に捜索願いを出す〟と言ったけど父ちゃんは〝娘は落ち着いたら必ず連絡を寄越すと思うし、警察に届けたら娘が傷つくのでやめてください〟と会社の人に頼んだと言ってた」

父は叱らなかった。母が後から私にそう話してくれた。私が残した荷物を父はどんな気持ちで整理し、名古屋を後にしたのか、その時の父の気持ちを今は知る術もない。ただ娘の無事を祈る気持ちで、いっぱいだったのだろうと推測するのみである。

旅館では、宿泊した生徒や団体客から、私宛に礼状が届くこともある。印象にあるのは数名で、同室の級友達と接戦の末に、手紙を書く権利を勝ち取ったと書いてあり、その様子が楽しそうに綴られ、部屋名が記されていた。文通は、彼が高校を卒業するまで続いた。

また、名前が分からなかったからであろう、〝タケヤン様〟と表書きされた封筒。タケヤンは、私の相方の男性の愛称である。相手は埼玉県の藤沢君で、私の写真と本人の写真、名刺が同封されていた。「僕は真面目な高校生～」の文字が印象的な手紙である。もう一人は都内の高校生だった。

どの手紙も〝必ずお返事ください〟の文字で締め括られていた。年齢も私と前後しているので、彼らに親近感を持ち文通が始まった。長く文通したのは藤沢君だけだった。彼とは彼が飲料会社に入社した後も文通が続いた。心に思い出を残してくれた人である。

忙しさの合間に宿泊客が使った布団のカバーや敷布を取り替える作業も、私の仕事のうちに入っているが、専門のおばちゃんが二人通いでやってくる。その一人は仲岡のおばちゃんだった。そのおばちゃんが、私に甥と見合いをして欲しい、郵便局勤めなので将来は安泰だからと会う度にささやき、娘心をくすぐった。

しかし、まだ十七歳。やりたいことは山程ある。この頃の私は女優になりたいという夢を描いてもいた。見合いの話を受けるべきかどうか、悩んだ私は、実家の両親に相談をしに帰省した。父と母の答えは至極簡単だった。

「まだ十七歳なので、早いから結婚は出来ないと断りなさい」

夏には姉が遊びに来た。従業員部屋で一緒に寝起きし観光を楽しんだ。大阪の叔母さんのところへも行った。姉は帰りがけに藤井大丸で私にバッグを買ってから東京へ帰った。

修学旅行には添乗員がついて来る。ある高校の引率に大手旅行会社の添乗員がいた。爽やかな印象のその人に私は好感を抱いた。私はたーちゃんにその人の話をしてあった。名を桐生智といった。

そうこうしながらも、秋口には目的の小規模な芸能学院へ入学し勉強を始めた。この学院の主催者は大映の元プロデューサーで、彼の息子は俳優だった。インパクトのある顔で渋い演技をする。

仕事柄、たまにしか顔を出せないが、時間があるとバスに飛び乗り太秦へ通った。

休日や仕事の合間に映画を観賞し、月刊誌を読み、手縫いで洋服を仕上げ、漫画から移行した創作を書き、自分なりに充実した日々を送っていたのである。それゆえに夢を絞りきれずに、無我夢中で内に秘めた可能性を追い求めた。

しかし芸能学院へ通い出してからは考えが変わり、ある程度は絞り込むようになっていった。狙いを定めた演劇の勉強が思い通りに進まない私は、密かにここを出てアパート暮らしをする算段を始めた。口には出さなかったが、貧乏にあえぐ父母を少しでも楽をさせてやりたい。そういう思いが、集団就職に出るきっかけの一つでもあったのだ。夢を叶える為には、多少の苦労は若さでカバー出来る。

〝アパートの貸し間三帖、押し入れ、板の間、炊事可　家賃三千二百九十五、大宮松原〟

〝店員求人一万七千、食事つき、タワービル地下、お好み焼き〟。当時のアパートと求人広告である。更にひと月の生活費を計算してみた。

（朝食抜き、昼夜はパン二個と牛乳、パンは一個十五円、牛乳は一本二十二円。野菜、果物一か月七百円。食費は一か月三千円、家賃を入れ月に一万四千円）

以上の計算で実行に移すべく準備を進めた。十一、十二月は長野へ帰省の費用。一月から四月までは下宿する費用を貯めるなど。やがて訪れるその時を私はワクワクしながら待ち望む。

また忙しい秋がやって来た。私は桐生さんの現れるのを心待ちにしていた。遠くから顔を見るだけで幸せな気分になれる。しかし、いつまで待っても彼の姿を見ることはなかった。

十一月のある日、桐生さんが腹膜炎で重体らしいと聞かされた私は、彼が死んでしまうのではないかと心配で泣き出してしまった。その後、帳場の女性が同僚の添乗員から彼の住所を聞き出してくれた。想いを込めて出した手紙の返事はなかなか来なかった。

師走に入った。たまに団体客がやってくる。その中のおじさんが私を〝京人形〟と呼び短歌を二首詠んでくれた。遠く佐渡から訪れた人で、遊びにおいでと言って帰った。

またある手紙には写真が同封され、最後に〝貴女に似た京人形の前で〟と締め括ってあった。単純な私は深く考えることもなく慢心さを増幅させていった。

昭和三十九年は東京オリンピックが開催され、アベベや東洋の魔女と呼ばれた日本のバレーボールが、優勝した年でもあった。

翌昭和四十年五月。予定通り、私は下宿生活に入った。下宿先は仲岡のおばちゃんの世話で親戚筋の里村宅に落ち着く。里村家は祖母と孫の二人暮らし。孫は以前おばちゃんが私に結婚を勧めた相手だった。おばちゃんの仲立ちで顔を合わせたことがある。背が高く体格のがっしりした男性だ。

私をここへ住まわせた理由は一目瞭然ではあったが、私にも彼にもその気がなく、おばちゃんの目論見は見事に外れたのである。

彼の祖母は根っからの京女で、気難しそうな顔立ちをしていた。通りに面した家屋は子供相手の駄菓子屋になっていて、時々、子供達が駄菓子を買いにやってきた。案外心根は見かけより優しいのかもしれない。

京都の町屋は奥行きがある。里村家は細長い二階建てで、道路に面した一階は、店と小部屋とだだっ広い年輪を思わせる台所と続き、奥の硝子戸の外は何もない庭の端に便所があった。二階へは吹き抜けの台所の土間から壁際の階段を上がる。部屋は二帖程の次の間と六帖間があり、そこに孫の弘が住む。

私は次の間の二帖程の部屋を借りた。部屋は布団を広げるといっぱいになった。それでも夢に胸を膨らませている私は、不自由とは感じなかった。

仕事は学院の先生が、教え子が営んでいる千本今出川の店を紹介してくれた。一杯飲み屋の手狭な店で〝千本〟といった。夫婦と赤ちゃんという家族構成で、営業中は奥さんの妹のところへ赤ちゃんを預けていた。先に住み込みで学院を卒業した古田さんが手伝っていて、そこへ私が加わった。私がまだ勉強中の為、一日泊まり翌日の午後は学院へ通う、という契約を店主と交わした。店では多美という名前にした。

小上がりにテーブル席が二つと椅子が五、六脚のカウンター。客足はそれこそまばらで、夫婦二人でも十分に間に合いそうな感じだった。これで私の給料が払えるのか、と心配した。

一晩泊まり、一晩部屋に戻る。そんな生活を繰り返し六月に学院を卒業。

学院で仲良くなった池ノ上真知子は劇団〝小鳩〟を目指し、同期の同僚達もそれぞれ目的の場へと飛び立っていった。この頃には映画も全盛を極めており、それに並行してテレビもお茶の間に定着しつつあった。撮影所は東映、大映などがあるが、テレビ向けのプロダクションもポツポツと現れていた。私は映画の養成所を目指したが、先生は私の顔が小顔なのでヅラ（かつら）が合わないからテレビがいいと言った。中でもテレビに数本の番組を提供している有名なプロダクションと、今売り出し中のプロダクションを先生は推薦し打診してくれたが、時期が悪くＯＫが取れなかった。結局売り出し中のプロダクションに入ることにした。しかし、ここも研修期間が終了しているので、エキストラで待つしか道はなかった。

このプロダクションでは、隠密もので一躍人気を博した男優を主演にした、現代版の探偵ものを放映し始めたばかりで、由美かおるや金井克子を輩出した西野バレエ団出身の原田糸子、学院の卒業生小谷悦子が共演者として名を連ねている。幾度かエキストラやアフレコで出演し、映像の世界の面白さを味わい始めていた。

〝千本〟は私が危惧していた通りだった。店で一日おきに食事は取れるので何とか生活は出来たが、三か月目に解雇された。しかも給料は出ないまま。困った私は、学院や仲岡のおばちゃんに相談した。先生が電話で催促してくれたが思うようにいかず、おばちゃんが店へ取りに行ってくれた。何とか一万円貰い、残りは翌月払う約束だが、おばちゃんは諦めた方がいいと助言をくれた。

店を辞めた翌日に祇園にあるパブスナックで面接し、働き始めた。夕方五時に出勤し食事を作る。働く皆で夕食を済ませると、開店の準備をする。経営者はあの藤田まことのそっくりさんだ。というより藤田まことそのものであるという程似ていた。滅多に店へ顔は出さないが。店は恭ちゃんという女性が取り仕切っていた。きつい顔立ちだが美人で優しい。他の人達もあまり喋らないが、それなりに接してくれるので働きやすい。

客の中に達ちゃんというやくざの組長がいた。数人の子分を連れて来る。カウンターに腰掛け、寡黙な表情で時間を過ごす。子分が私にやたらとちょっかいを掛ける。組長が新人の私に目をつけたらしい。本人は何もせず黙って飲んでいる。

店は午前四時の閉店だが、私は未成年なので午前零時までの勤務だ。時間になると車代を貰い、タクシーに乗り下宿先へ帰った。

「夕べ、後をつけられなかった？　達ちゃんが貴女を気に入ったみたいだから、気をつけた方がいいよ」

店へ出ると恭ちゃんが心配そうな顔で言う。帰りは用心して帰るようになった。藤田まこと似の経営者はその筋にも顔が利くのか、揉めごとは一切なく静かに飲んで帰る。

また姉が東京から遊びにやってきた。こうして度々来るのは、母にでも頼まれて様子見に来ているのだろう。夏だが一つの布団にくるまって姉妹で眠る。私は姉に達ちゃんの話をした。

「美江子、店は辞めた方がいいよ。何かあってからでは遅いからね。それから、そろそろ夢を見るのはやめたらどう？　平凡に生きるのもまたいいと思うよ」

　干支が亥の私の性格を知り尽くした姉は、チクリと釘をさす。思い立つと脇目も振らずに猪突猛進の私だ。少し弱気になっている心に姉の助言は応えた。折角ここまで歩いて来た道を諦めねばならないのか？　否か。思うように行かないこの数か月の葛藤は私に取って、何だったのか。その日暮らしで夢を追うということは、初めから無理というのか。いくら考えても答えが見つからない。追い打ちを掛けるように、それに、と姉は私の髪を指差す。

「円形脱毛症になっているしね」

　普段は長い髪をポニーテールにしているので、頭の真ん中が硬貨大に禿げているなんて気づかなかった。触ると気持ちが良い程ツルツルする。

　姉の言葉を受け止め、パブスナックは十九日間勤めただけで辞めた。恭ちゃんは私の意図を察し、二十五日が給料日だから五時に来て、と言った。何事もなければ長く働けた店だった。

　思い切って長い髪を切る。これから私はどうしたら良いのだろう。まだ諦めきれない自分が、名残惜しげに立ちすくんでいるのに。

　私は吉富旅館に再就職を打診し、十月から復帰することにして長野の実家へ帰った。

実家にいる間は父のお供で、頻繁に釣りに連れていかれた。行き来する道中や釣り糸を垂れている時など、父はポツポツと母とのことを話す。結婚後の父が母を見る目はどうだったかとか、終戦後の苦しい時代に母がどうだったかなどを。父は末っ子で我が侭に育った。なので、父が言うような母でないことは、後に姉が代弁しその通りだと納得した。

父は父の目線でしか物事を見ず、母の苦労を思いやってやれなかった。父がもう少し思慮深い人であったなら……と、似た性格の自分を蚊帳の外に置いて思うのだが。父は父で戦後のあの悲惨な生活を誰かのせいにしなければ、先へ進めなかったのだろうと今では解釈している。

私は知っている。母はどんな時も決して愚痴はこぼさなかった。芯の強い寡黙な母であった。

二か月と少しを親元で過ごし、私は再び京都へ戻った。旅館に落ち着いた私は、プロダクションのプロデューサーの寺田氏に電話を入れた。旅館の仕事をしながら、芸の道を探ろうと思ったからである。それがどんなに困難な道であるかは、百も承知していた。情熱以外何も持たない私が、何処まで出来るのかやってみなければ分からない。

「丁度、明日撮影がある。九時に来てくれ」

電話の向こうで寺田氏が言う。ハイ、分かりました、と受諾の返事をし電話を切った。

プロダクションの中にある現場には、既に若い男女が集まっていた。学院の古田さんや一緒に勉強をした仲間数人の顔が見える。打ち合わせをしていた寺田氏が私を指差し、

「そこの赤い服を着た女の子、こっちへ来てくれ」

突然の名指しに戸惑いながら歩き出した時、場の空気が瞬時に変わったのを感じた。氷のような冷たい視線が全身に突き刺さり、ゾッと背筋が凍えた。後から入った私が呼ばれたのだ。それがどんなことを意味するのか、誰もが知っていたからに他ならない。

「いいか、このセリフを覚えてくれ」

渡された用紙に〝あの人がバッグを奪って！〟と、十数文字のセリフの羅列が目に飛び込む。銀行を出てきた事務員が襲われ、現金入りバッグを奪われるワンシーンである。思わぬ展開に怯えながらも、私は必死で何度もセリフを反復し続けた。

このワンカットで認められれば、チャンスが訪れるかもしれない――。失敗は絶対に許されない、何としても。緊張の為か周りは全て視界から消えていた。撮影が始まった。しかし出番を待つ私には声も掛からずに、その日の撮影は終了した。

え、何だったのだろう？――。疑問符を残したままプロダクションを後にする。それは

本命が失敗した場合の代役だったようだ。寺田氏はその後、度々連絡を寄越した。今後のことを話し合いたい、と。私はその言葉を素直に信じた。

ようやくお互いの時間が噛み合い、寺町辺りのスナックで待ち合わせた。

「君をいずれは立派な俳優にする積りだ。だがこの道は決して生易しい道ではない。その覚悟はあるのか？　その覚悟があるのなら俺はどんな無理でもする。その為には俺の言うことは何でも聞くか？」

寺田氏は一言ひとことを区切るように、低いがはっきりと尋ねて来た。私は言葉の全てを聞き漏らすまいと聞き耳を立て、真剣にハイ、と返事をする。

「よし、分かった。じゃあ出よう」

先に外へ出るように促す。寺田氏は河原町を抜け木屋町へ歩みを向けた。この界隈は繁華街とはいえ連れ込みホテルが多い。私は事態がのみ込めずにいたが、危険な匂いを感じた。寺田氏はホテルを物色している。その様子を見て、ようやく私は気がついた。

「私、帰ります」

「俺を信じてついて来い」

有無を言わせぬ強引さで、寂しい路地に入る。

「何故ついて来ないんだ」

この時はっきりと悟った。自分を傷つけてまで夢を達成する程の類いのものではないと。ただ、がむしゃらに己の持つ可能性に掛けてみたかった。その思いが遂げられるならば突き進んでみたい、と。その私の純粋さを、寺田氏は見事に打ち砕いてしまったのである。

「じゃ国際ホテルは？　一流ならいいだろ」

御池通りに出た所で、とうとう私は路上に立ち止まった。そういう問題ではない。

「どうしても嫌か？」

嫌です、と言う私に呆れたのか、

「まるで子供だなあ。こんなの初めてだ」

困り果てた様子で見る。私は頑なに立ち尽くしたままでいた。分かった、分かったと言い、寺田氏は踵を返す。河原町三条まで戻ると、

「気をつけて帰れ」

そう言い残し去っていった。ほろ苦い思いを抱え私は帰路についた。その後も寺田氏から連絡は来たが仕事への誘いはなかった。

十一月に入り、学院の発表会に駆り出された。会場は民生会館。演目は〝ベニスの商人〟、私は照明係。コンビを組んだのは女性の間で憧れの的の男性だった。

発表会は昼と夜の二回行われ、その間中、私は素敵な彼を独り占めし気分爽快で終了。ぶっつけ本番の照明係だが面白かった。その月の末に彼は紅葉狩りに連れていってくれた。金閣寺界隈を巡り終わる頃に秋雨が降り出した。車は高尾へと向かい、着いた頃にはすっかり夜の帳が下りていた。スポットライトを浴びて浮かび上がった紅葉は、目が覚める程の美しさでいきなり視界に飛び込んだ。雨に濡れ光に反射する鮮やかな色彩を前に、流れる刻はしばし動きを忘れていた。

ライトの光以外は漆黒の闇に閉ざされ、物音一つない静寂に包まれている。あの夜の高尾は、この世のものとは思えぬ美しさで瞼の奥に残った。

師走に入ったある日、学院のパーティーが開かれた。ダンスも踊れる会場で久しぶりに皆に会う。私は池ノ上さんや女性陣と一緒にいた。蓄音機から軽快なメロディーが流れた。先生が私をダンスに誘う。私は踊れないと断ったが、リードするからと私の手を取る。

先生のリードは巧みで、洗練された動きが衣服を通して伝わる。ワルツの曲に合わせ右に左に自由自在にステップを踏む。生まれて初めてのダンスは、先生の足を踏むことなく無事に踊り終えた。心地良い高揚感が全身に広がり、社交ダンスの素晴らしさを知った。

時間だけが経過していく中で、私はまだ進むべき道を見いだせてはいない。池ノ上さんは〝小鳩〟に的を絞り上京の準備を始めるという。
その頃、〝マドモアゼル〟という月刊誌に私は投稿したことがある。選には漏れたが「白い花」と題した作品の講評が掲載されていたのだ。仕事の合間にコツコツ続けていたが、初めて投稿した作品がどんな内容だったのか記憶にない。書くのが好きで、京都に来てから漫画はやめ、小説や詩を書きつつ洋画鑑賞に浸るのも忘れない。

三月に浦和連合の会議が旅館で行われ、久ぶりに桐生さんに会った。彼が来ることは、たーちゃんが教えてくれたので、お茶係にして貰う。会議の間桐生さんは時々私に視線を向ける。こそばゆく流れる時間。以前、夏の日の夜に屋上で満点の星の下、共に西瓜を食べたことを覚えていてくれた。たーちゃんから桐生さんは大学を休学し、何処かの国へ留学すると聞いた。あと幾度京都へ、いや、この宿へ来てくれるのだろうか。
春の便りと共に長野から遠い親戚の娘、朋子が観光バス会社に就職し、こちらに来るという。私に憧れて就職先を京都にしたらしい。しかし京都の水に慣れる間もなく、里心がつき半年も経たずに長野へ帰った。

桜の季節が過ぎ葉桜に変わる五月、番台にいる従業員が私を呼んだ。玄関先に桐生さんが笑顔で待っていた。彼の姿を認めた瞬間に私の全身は震え、立っているのがやっとだった。その私に生徒達が着く前に来たと告げ、九州のお土産を差し出す。胸が詰まり、溢れる想いでいっぱいになった。

その日も女将に頼み込んで桐生さんの係にして貰っていた。一段落した夜、アイロンを掛けたズボンを届けに添乗員室に行った。

「夏になったらアメリカへ出発することに決まった」

その言葉に私は息をのみ、哀しげな表情をしたのだと思う。

「手紙を出すから。きっと手紙を書くからね」

俯く私にそう約束をしてくれた。私は何も言えずに窓から満天の星空を眺めた。

「君……」

桐生さんも掛ける言葉が見つからないのか、呼び掛けられた声に振り向いた私を見つめ続けた。

それぞれの選択

池ノ上さんが時々やって来て話をする。彼女は〝小鳩〟の試験に合格したが大変だったらしい。試験用紙を見せて貰ったが、ひと目で難しい問題であると分かる内容だ。今回は入団せずに、もう少し勉強してからもう一度受け直すと言う。彼女らしい選択だと思った。

学院の同僚達はそれぞれの道に向かって羽ばたいていくのに、私だけが取り残されていく。

埋まらない心の隙間を持て余し私はイラついた。つい態度に出たのか洗い場担当の男とケンカをしてしまった。この男はいつも酒臭く、濁った目をしている。かっとなった私も売り言葉に買い言葉で応酬、腹立ちまぎれに女将へ訴えた。女将は小さな揉めごとと判断し、宥めてくれたが、納得のいかない私の腹の虫は治まらない。今度こんなことがあったら辞めますから、と宣言した。

しかし、男は執拗だった。脅し文句はますますエスカレートし「半殺しにしてやる」「よく覚えておけ。俺はしつこいんじゃ」「お前の顔を二つに切ってやる」と凄む。そんなことが何日も続いた。我慢も限界に達した私は女将のいる部屋へ駆け込み叫んだ。

「本当に辞めます！」

言うなり大声でわあわあ泣き出した。私の取り乱した様子に女将は、部屋を飛び出し台所へ走る。私は私で部屋へ戻ると荷物の整理を始めた。しばらくすると男がバツの悪そうな表情で顔を出した。

「すまなかった。忘れてくれ。これからは仲良くしようや」

女将にこってりと油を絞られたのか、神妙な顔つきで言う。お酒は仕事中は飲まないから、と継ぎ足した。

冗談じゃない、〇〇日に殺してやる、とまで言われたのだ。謝られたくらいで、今までの恐怖を忘れられる筈がない。再びこんなことが起きたら、その時こそ出ようと決心した。


七月のある日、東京新宝テレビより手紙が届き、第一次書類と合格証書が送られてきた。次は面接がある。チャンスだ、と思った。女将に休みを申し出るが、仕事より大事なのか、と聞かれ、返事が出来ない。自分なりに迷っていたのか、ズルズルと日が過ぎていった。

桐生さんはアメリカへ留学し、お土産の起き上がり達磨だけが私の手元に残った。


旅館には二人の男の子がいる。私が勤め始めた頃は中学生になったばかりであった。次男はまだ親の手が必要な幼児だった。従業員は長男を圭ちゃんと呼んだ。圭ちゃんは年の近い私と、いつの間にか親しく接するようになった。私には弟のような存在だ。美江ちゃん、美江ちゃんと慕い、たいした用事もないのに、指にトゲが刺さった、膝を擦りむいた、などと言っては従業員部屋へやって来る。

出戻りで勤め始めた時に会った圭ちゃんは、半年足らずの間にすっかり大人びていた。背も高くなり大きなギョロ目が印象的だが、性格はちっとも変わっていない。仕事が終わった私は、同年輩の女の子と客間の窓から、外を眺めながら喋っていた。そこへ圭ちゃんが加わり、三人でキャピキャピと姉弟のようにふざけた。私達の仲が良すぎたのか、圭ちゃんは女将に釘を刺されたらしく、旅館の方へは滅多に立ち寄らなくなった。

暑い夏がやってきた。嬉しいことに桐生さんから葉書が届く。留学先はカリフォルニア州。行き先の住所も記されている。これで手紙を書ける。

夏は恒例の慰安旅行があった。今年は片山津温泉で琵琶湖を通り、若狭湾を横目で眺め目的地へ向かう。翌日は金沢の兼六園、東尋坊、永平寺、敦賀湾を巡り比叡山を経て戻った。圭ちゃんが私の写真を何枚も撮ってくれた。それらは京都での思い出の一枚となり、アルバムに加わった。九月の末に旅館を去り、長野で葡萄狩りを楽しみ京都へ戻った。

新しい働き口は平安神宮近くの太平閣。国際観光旅館だが修学旅行生は扱わない。従業員は三十歳以上の女性が大半で、若いのは福ちゃんと私だけ。福ちゃんは腋臭(わきが)がひどく、お風呂に入っても三十分もすると部屋中ににおいが充満する。誰も文句を言わないが、そのにおいの強烈さに頭痛がする程だった。仕事も何だか私の性分に合わず、また面接時の内容と給料が違う。一か月足らずで嫌になり他の職場を探す。

太平閣近くの六方屋で団子を食べるのが楽しみだった。京都会館へ巡業に来ていた佐分利信と出会った。声を掛けて幾つか話をしたが、妥協を許さない話し方に、俳優への道の厳しさを垣間見た気がした。

桐生さんに出した手紙が旅館に戻って来ていた。住所に誤りがあったようで、考えた末に私は東京の彼の親元へ問い合わせの手紙を出した。

次の就職先は祇園東山のホテル佐々良園。ここには吉富旅館で同僚の由美ちゃんが働いていた。佐々良園はいわゆる連れ込み宿で、この界隈はそういう宿が軒を連ねていた。場所は円山公園の裏手にあり、なだらかな道の両側はほぼ連れ込み宿だ。

仕事は簡単で、利用客が帰った後の部屋を掃除し次の客を待つ。翌日の午前中は泊り客が帰った後の掃除を済ませると、夕方まで自由時間となる。

吉富旅館を辞めた後も、私はお茶とお花の稽古は続けていたので、自由時間には、それぞれの先生宅へ習いに行く。お花は岡崎、お茶は銀閣寺の近くにあった。

お茶の先生はとうに八十歳を過ぎた感じの老婆だが、お点前の席に着くと凛とした空気が辺りに広がり、その手捌きの見事さには一分の隙もない。いつも惚れ惚れと見とれてしまう。稽古は厳しかったが、後は優しく私を可愛がってくれた。

佐々良園にはさと子という娘がいた。私はさと子とすぐに打ち解け、一緒に銭湯に行ったりお互いの話し相手になった。さと子はあるボクシングのチャンピオンに夢中だった。学生なのに遊び歩くのも平気で、私は度々その片棒を担がされた。夜になると親に内緒でそっと抜け出す。真夜中に帰宅し鍵を開けさせる。母親が気づかない筈もないのだが、知らんぷりを決め込んでいる。

話を聞くと、さと子の生みの親は東京にいて、会いたいのに連絡先を教えて貰えないことを恨んでいた。いつか東京に行きたい、と漏らした。

桐生さんの父親から返信が届いたのは十一月の中旬過ぎだった。時を経ずして本人から葉書も届く。両親が知らせてくれたらしい。素直に感謝した。

だがあまりにも私達の間には隔たりがありすぎた。手を伸ばしても届かない距離がそこには横たわっている。あれこれとままならないジレンマを引きずり、昭和四十一年は暮れた。

成人式を迎えた。級友と久しぶりに会い二十歳を祝う。私は誕生日が来るまでまだ十九歳だが、成人式当日は母に着物を着せて貰い、出掛けた。ミサちゃんはいい人が出来、一、二年の間に東京の人と結婚すると私に告げた。幸せそうな笑顔がちょっぴり羨ましい限り。

桐生さんからは時々、短い便りが届き、その折々の近況が簡単に書いてある。再び桜の季節が訪れた。思い切ってカメラを買う。休日にあちこち撮り歩き、京都らしい雰囲気の写真を冊子にし、桐生さんへ送った。私が住む古都の春を懐かしく感じて欲しい。

平安神宮でお茶とお花の会が催され、お気に入りの鮫小紋を着て出掛けた。朱塗りの大きな鳥居を潜り神宮に足を踏み入れると、平安の時代に戻ったかのような錯覚にとらわれた。

生け花の師である辻先生が出迎えてくれた。神宮内の池の沿道のそこここに、師範達の手で活けられた花々の華麗な美しさ。見とれながら歩む耳に優雅な琴の音が趣を添える。琴の演奏を背に野点の茶を一服頂いた。うららかな春の陽気に誘われたかのように、冴え渡る音色が青空に吸い込まれていく。充分に堪能し、満たされた気分でその場を後にした。

着替えてから池ノ上さんの住む東寺界隈へ向かった。しかし、初めて訪ねた彼女の職場兼住まいは、柱と壁を残し、焦げ臭いにおいだけが鼻をついた。人の姿は見えず家主も彼女も居所が分からない。

幾日か前から何となく嫌な予感がしていたので、来てみたのだが。それでも近所の人に聞き歩き、やっと捜し当て、会うことが出来た。彼女は着の身着のまま飛び出したそうだ。炎は彼女の夢もろとも一瞬にして、その全てを燃やし尽くしてしまったのである。

この火事をきっかけに彼女は演劇への道を諦め、今の仕事を続ける決心をしたと話す。迷いは微塵も感じられず、さっぱりした顔をしていた。

私の気持ちはまた揺らいだ。どうしよう、私はどうすべきか……。二十日あまり思案し、ようやく京都を離れようと決めた。

決めた足で奥さんの許へ出向くと、突然怒り出し、私を非難し始めた。よく働くけど、若いくせに可愛さがない、自信を持ちすぎていて取っつきにくいといったような内容だった。私は呆気にとられるばかりであった。何故突然奥さんは私を非難したのかと考えてみたが、思い当たる節は一つ、さとちゃんのことだ。

佐々良園で働く最後の日に原因は判明した。前日に今日限りで辞めて貰うからと奥さんは言った。荷物を整理しているところへさと子が顔を出した。どうして辞めるのかと聞かれたので、東京へ行くと伝えた。

「私もいつかお母さんが住んでいる東京へ行きたい。その時、何処へ連絡したらいいの」

落ち着き先のない私は、

「まだ決まっていないけど、姉がいるから、後でそこの住所を教えるね」

と言い、メモ帳に住所をしたため部屋へ届けに行った。手渡したところへ気配を察した

のか奥さんが入ってきた。娘の手から紙片を奪い取り、

「あんたはここから出たらあかん。分かってるな！」

凄まじい剣幕で叫び、ピシャッと部屋の戸を閉め、こっちへきいな！　と私を自室へ入れた。

「こうなるんじゃないかと心配していたんや！　だからさとがいない間に出てって貰おうと思ったのに！　私がどんな気持ちでいたか、分かっているんかいな！」

目を吊り上げ、怒りを露わに怒鳴り散らす。

どんなに怒鳴られ罵られようと、彼女の境遇に同情している私には全く無意味な説教だった。隣の部屋で彼女は、どんな気持ちで聞いていたのか。

佐々良園を出て予約した宿に向かった。翌日から宿を拠点に好きな名所を観光して歩いた。あんなに好きで焦がれた京都の町を去るのに、何故か寂しさは感じなかった。私なりに大いに悩み、惑い、過ごした青春の地。心残りがないと言えば嘘になるかも知れないが、それなりに頑張ったのではないか。

東京に決めた目的は二つある。

京都駅で地図を広げ、見入っていた。誰かがポンと肩を叩く。吉富旅館の売店の伊藤さ

んだった。喫茶に入り先日の出来事を話した。

「その人の気持ちはよく分かるよ。その人も一生懸命母親になろうとしているんだわ。許してやりいな。美江ちゃんの気持ちも分かるけど、私はそんなに悪い人じゃないと思う」

慰めつつ、奥さんの私に向けた言葉を分析し穏やかに話す。話しているうちに次第に心は落ち着いてきた。

一緒にいた時はそれ程親しくもなかったのに、こうして私に親身になってくれている。年上とはいえ、不思議な人だと思った。ここを去る最後の日に会えて良かった。

汽車の時間は夜の十一時過ぎなので、まだ十分に間がある。嵯峨野の祇王寺へ。その足で池ノ上さんに会いに行った。

二人で駅に行くと由美ちゃんが待っていた。改札口で別れる寸前に、池ノ上さんが小声でささやいた。

「今度、京へ来る時は、ハワイの方といらっしゃい」

カリフォルニア州をハワイと勘違いしているようだが、そう言って貰えただけで私は嬉しかった。

東京　戸惑う愛

夜汽車に乗り終着駅の上野に着いたのは昼頃だった。

当時、日本列島を東西に縦断している鉄路は国鉄だった。上野駅はそれらの要で、ここから東海道線、東北線、信越線、常磐線、上越線などが発着する。構内は都会と田舎の空気が微妙に混じり、一種独特な雰囲気が漂う。私も何となくホッとしたような気分になった。

何年か前に、京都から夜汽車で来て東京駅に降りたことがある。八重洲口から通りへ出た瞬間に巨大なビル群に圧倒され、それにのみ込まれてしまいそうな恐怖感を味わった。今にも押し潰されそうな気持ちを必死に耐え、歩道に足を踏ん張り、負けるものかと心の中で叫んだ。そんな経験があるから、上野駅に漂う雰囲気に私は安堵したのである。

ごった返す人波を縫い、売店で新聞を求めてから食堂へ入った。丼物を注文し、求人欄を開く。寮完備を第一条件に探す。様々な職種が数ページにわたり出ている。その中から一度は経験したい純喫茶を探し出した。場所は錦糸町。食事を終え中央線で目的地へ向かったが、人数が足りていると断られた。

時刻はもう夕方に近い。早く就職口を決めないと今夜泊まる所がない。少々焦る。次に見つけたのは文京区にある大石製作所だった。公衆電話で連絡を取り今度は山手線に乗り、田端駅からタクシーで向かった。

小さな事務所を挟んだ奥が、作業場のようだった。ひょろりと背の高い、気難しそうな感じの初老の男性が社長だ。向かい合わせに座り、履歴書を渡す。

「うちは財布の口金を作る会社で、貴女には無理だと思うし、続かないだろう」

履歴書に記された経歴を一瞥し、そっけない態度で言う。外はもう暗くなっていた。私は必死で頼み込んだ。

「頑張りますのでお願いします」

私の真剣さが何とか伝わったのか、やっとOKが出た。荷物は？　と聞かれたが、チッキで上野駅留めになっていると伝えた。

木造の建物の一階は作業場、事務室、風呂場で、作業場横の階段を上がると台所、社長一家と襖を隔て従業員の住居になる。

一家の家族構成は社長夫妻に息子の三人であった。息子は専務で、会社を継ぐ前は某テレビ局のアナウンサーだったという。道理で声が良い。

従業員は男女合わせて九名である。通いの二名以外は住み込みであった。食事の用意は社長の奥さんと女性達で作り、買い物も時々手伝う。家族的といえば家族的で、昭和の典型的な風景だった。

仕事は男性が財布の口金の型の金具を合わせ、両方をネジで繋ぎ中央の留め玉をハンダづけする。それを女性が木のトンカチで調整をし、口金が滑らかに開け閉め出来るようにするのが仕事だった。

一個の財布が値札を貼られ陳列棚に並べられるまでの工程は、下請け会社数社の手を経て商品として出来上がり、最後に商品の出来具合を念入りにチェックしてから、全国の店舗へと梱包され運ばれていく。それらは流れ作業で効率よくこなされた。

製作所経由の財布はデパートでも評判が良いのが社員達の自慢である。

仕事が慣れた頃を見計らった日曜日、同じ区内にあるプロダクションを探して歩いた。プロダクションの名は、雑誌に載っていたのを控えてあった。はっきりと諦めた訳ではなく、意識の片隅に未練を引きずっていたのは確かである。しかし、いくら住所を頼りに探しても、近所で尋ねても皆知らないと言う。目的のものがなくてはどうしようもない。ようやく私はふん切りがつき、持ち続けた夢の一つを捨てた。

大石製作所に落ち着いて二か月後に、鉄筋二階建ての新社屋が完成した。一階は明るい作業場で、二階が従業員の住居と団らん室もある。

ここでの暮らしは平穏の一言に尽きた。住み込みの従業員は男女ともに同年輩で、和気あいあいと毎日を過ごした。

東京の夏は京都に負けないくらい暑い。仕事を終えた後に、会社から少し行った所にある石段の囲いの手摺にもたれ、よく夕涼みをした。たまに社長の奥さんと一緒になることもある。奥さんは社長とは見合いで結婚した。社長は生粋の江戸っ子で、

「私が静岡の田舎っぺなものだから、よく私のことを馬鹿にするのよ。江戸っ子か何か知らないけど、困っちゃうわ。曲がったことは大嫌いなんだけど、気が短くてさ」

丸い顔で目をくりくりさせ、カラッとした口調で愚痴る。取り留めのない話を交わし、涼んできた頃に部屋へ戻った。

突然の来訪に驚いたのは、八月に入って間もない夕方のことだった。同僚の一人が私を呼びに来たので玄関に出た。見知らぬ初老の男女が立っている。男性が桐生と名乗り、

「智の親です」

と、つけ加えた。上京は手紙で知らせてあった。二人とは二言、三言話をしたが、何を話したのかは覚えていない。京都から来た私を心配しての来訪のようだ。彼の両親がわざわざ会いに来てくれた。私は驚きと嬉しさを感じずにはいられなかった。

また京都から出張で上京したからと、仲岡のおじさんが二度程会いに来てくれた。元気でやっているようで安心したと言う。私は複雑な気持ちでこの来訪を受け止めた。私の中では、京都を去った時点で全て置いてきた筈だった。おじさんはおばさんの手紙も預かっていた。自室で広げて読んだ。内容は私への心配で始まり、最後まで一貫していた。その手紙を読んでも心を動かされる筈もなく、かえって迷惑だなどと思うのだからばち当たりにも程がある。何と浅はかで軽率な私だったのだろう。

その後、桐生さんの両親から、突然訪れた詫びと彼の近況などが記された手紙が届いた。日々の仕事をこなしながら私は迷う。一年で帰国すると約束した彼の日程が、どんどん長くなった。

本当に帰って来るのだろうか——。そんな不安がよぎり、いたたまれなくなる。いっそ、アメリカへ行こうか——。それには英語が喋れなければいけない。考えた挙句に、私は巣鴨にある巣鴨英語学院へ通う決心をした。入学手続きを済ませ、教材を買い、十月から週に三日通い始めた。ところが、この学院は英語専門の学院で授業の会話も英語のみ。教師はイギリス人で日本語が話せない。私以外の生徒は現役の学生とビジネスマン達で占められている。基礎知識も碌にない私がついていくのは、いくら初級でもかなりの労力を必要とした。

さあ、それから私の奮闘が始まる。仕事が終わると空き室で予習、復習を辞書と首っ引きで深夜までした。喋れなくても負けん気だけは人一倍強い。学院の隣近所、誰を見ても優秀な人間しかいない。孤軍奮闘とはこういうことか、いや孤立奮闘かな。

それでも初めのうちは少しずつではあるが、予習、復習の成果はあったと思う。教師の本格的な英単語も理解出来るものもあった。教師に当てられても失敗しながら何とか答え、何度も発音練習を繰り返しさせられながら過ぎた。二か月が経つ頃になると、簡単な返答なら出来るようになった。

しかし、私が授業についていくことは土台無理な話で、進むにつれ内容が難しくなっていく。最早、個人の力だけでは、追いつけそうもない状態に陥る寸前にまで追い込まれる。丁度その時に私は無理が祟って風邪をこじらせ、気管支炎を患った。医者に通いながら、これ幸いと病気を理由に三か月通った英語の勉強を諦めた。

晩秋の初めに社員旅行が行われた。宿泊は老神温泉で、高崎の観音、菅沼、吹き割の滝、中禅寺湖などを巡り、秋を満喫して戻った。

ある夜のことだった。桐生さん夫妻から電話を貰い、近所の喫茶店に出向いた。そこで夫妻は思いもよらない話を持ちかけた。

「先日貴女を拝見して、実にしっかりした人だと分かりました。そこで貴女に相談があるのだけれど、息子を待っているのなら、うちの店を手伝いながら待ったらどうだろう。店は渋谷にあるのだが、決していかがわしい店ではない。客は画家や写真家、芸術家などの人達ばかりで、変な客はいないので安心して働ける。寮もあるし、手伝いながら帰って来るのを待つのはどうかね」

突然の申し出にすぐに返事が出来ない。彼の両親が私を認めてくれていると思うと、天にも昇る気持ちであった。こんな話ってあるだろうか。思いもよらない幸せが舞い込んできた錯覚さえ覚える。

「返事はよく考えてから、手紙ででもくれればいいから」

考えるまでもない。私が大好きな京都を離れた理由の一つが彼だったのだから。

女優にしてやると言葉巧みに寺田氏に誘われたあの夜、私の脳裏に浮かんだのは彼だった。人にはそれぞれ守るべき何かがある。行方の定まらない欠片の中から、迷うことなく掴んだ確かな望み。あの時、私は自分の大切なものを守ろうと決めた。そして今はこうして東京の地で、新たな夢を育み、歩き出そうとしている。

私は幾日か後に、自分の気持ちを素直に手紙にしたため投函した。彼の父親からは詳しい内容は会ってから話すので、休日にでも遊びにいらっしゃいと返事が来た。

十二月になって従業員全員と下請け会社の数名で会食をした。専務の結婚話がまとまり、妻となる人も同席しての報告会のようなものだった。

毎日が張りのある日を過ごしていた。進むべき道を見いだした矢先に、右目の瞼の下にものもらいが出来た。同僚が、

「そんなもの、そこの駒込病院で切開して貰ったら簡単に治る」

と教えてくれたので、社長の許可を得て病院へ行った。すると検査をした女医は、思いもかけないことを言った。

「目にお星さまがあるね。今すぐではないが、時期を見て手術をしないと」

お星さま？　手術？　すぐには意味がのみ込めず、女医に問い質しても病名は教えてくれなかった。親のふりをして電話で尋ねても駄目だった。弱気になった心が長野の母に電話した折に、ついポロリと口から出た。母もびっくりしたらしい。数日後に母から、娘時代からおつき合いのある世田谷の家にいるので来なさいと電話があった。

世田谷の家では姉が働いていた。その家の主人は大企業の副社長をしている。目黒から乗り換え、目蒲線の奥沢駅で降りた。姉が迎えに来て深田家の門を潜った。

「綺麗な娘じゃのう。どれ、何処が悪いんじゃ」

深田家の奥さんは、悪気はないのであろうが、指で私の目をこじ開け覗き込もうとす

る。弱い所をいきなり、それも人の気持ちを思いやろうとしない所業に、いっぺんでこの奥さんを嫌いになった。

この夜は私も泊るので空部屋に三人分の布団を敷き、思い思いに腰をおろす。

「父ちゃんとも話し合ったんだけど、大石さんは辞めて長野へ戻って来るか、ここの家で厄介になって病院へ通うか、どちらかにしなさい」

有無を言わせぬ口調の母。

「私、大石さんとこで治す。長野へもここへも来ない。大石さんが駄目って言うんなら、桐生さんの所から病院へ通う」

両親は桐生さんのことは知っていたが反対していた。彼の姉はフランスに絵の勉強の為に留学していた。私が手伝う店も水商売だから、といい顔をしない。

「駄目、大石さんのところは目に良くないし、それに桐生さんとは身分が違うから」

一歩も譲らぬ勢いの母の姿に圧倒され、返す言葉を見失う。

悔しそうに俯く私に、更に母の威圧的な声が覆い被さる。逆らう余地はなく、不本意にも私は、この深田家を選ばざるを得なかった。彼の店の仕事を手伝いながら彼を待つ、という選択は、あえなく消えてしまい、泣く泣く詫びの手紙をしたため投函した。

春が間近に迫った頃に、私は大石製作所から世田谷の深田家へ越した。ひと月前に社長

に辞めたいと申し出た時に、事務所にいた社長は私から顔を背け、

「あ、そう」

と、そっけなく言い捨て、私を無視したように帳簿に目を落とす。その態度を見た私は瞬時に悟った。

あ、社長は私のことを、やっぱり水商売の女だから長続きしなかった、と思ったのではないか――。社長の誤解を解かなければいけない、と意を決し、辞めねばならない事情を説明した。

「実は母が上京して、目を治すなら、長野へ帰るか母の知り合いの家から病院へ通うか、どちらかにしなさいと言われ、私はここから通いながら手術をすると言ったけれど、許してくれなかったんです。仕方ないので知り合いの家へ行くことになりました」

私の話に社長は、私という人間を誤解していたと判断したのか、柔軟な表情になり、

「分かりました。大事にしてください」

と、返事をした。私はほっとしつつ頭を下げ、その場を離れた。

私が辞めると知った従業員達が、私の知らない間に、

「和倉さんの送別会を是非させて欲しい」

と、数人で直談判をしに行ったらしい。社長もそれを快く承諾した。そうとは露知らず

に私は、団らん室で皆に囲まれ楽しいひと時を過ごした。

「うちの会社で従業員の送別会を開くのは貴女が初めてです。しかも従業員から是非させてくれ、と言って来たのにはびっくりしました」

最後の給料を手渡しながら、社長はそう打ち明けてくれた。皆の心を知り私の胸の内には、温かいものが広がっていった。


深田家にお手伝いとして入った私は、姉に仕事を教えて貰った。大体を教えると姉は長野へ帰っていった。しばらくの間、私は姉の職場を奪ってしまったという罪悪感と、心ならずも好まない仕事を選ばざるを得なかったジレンマに、苛立ちを隠せなかった。

お手伝いの仕事は、はっきりした時間の区切りがない。朝起きた時から夜の食事を終えるまでが、大体の勤務時間となる。日中は多少の自由時間はあるが、私はここで料理の基本を覚えた。何一つ料理らしい料理の出来ない私を、奥さんは料理教室へ通わせた。しかもその料理教室へ通ってくる生徒たちは、弁護士や、経営者の娘ばかりで、私だけが場違いの感があった。しかし誰もそんなことは気にもしない様子で、和やかな雰囲気で時間が流れた。

病院へ行く時は、必ず大石製作所へ寄った。皆と会い談笑するだけでストレスを発散出

来た。その折に、

「お金もかかると思うので、会社は退職せずに休職扱いにしたから。その方が社会保険も使えるし諸々便利だからね」

との社長の有難い申し出があり、私は感謝した。

お中元やお歳暮の時期には、ご主人を送迎する運転手つきの車に乗って、日本橋の三越デパートへ奥さんのお供をした。昼食をレストランで済ませた後は、電車を乗り継ぎ帰宅する。

夏と冬の休み、連休には伊豆高原の別荘へ行き、時には嫁いだ娘や息子夫婦などと合流して数日を過ごす。田舎出の私がこの生活に馴染むのに、あまり時間はかからなかった。朱に交われば、の心境で、物腰も自然と丁寧になっていったのである。

だが、元来自由に生きてきた私にこの生活は籠の中の鳥の如く、不自由なものであった。

そんな中で小さな事件が起こった。季節の変わり目に派遣された下請け会社の社員二人が、クーラーの掃除と点検にやってきた。奥さんは不在で、水道は庭のを使うようにと指示されていた。だが社員に今日中に数件の家を回らなければならないので、洗面所を使わせて欲しいと懇願され、悩んだ末に私は洗面所へ案内した。

午後、風呂掃除をした時に、指ぬきと時計を洗面所へ置いたことを思い出した。ところが時計だけが何処を探しても見当たらない。

まさか――。顔から血の気がサーッと引いた。その時計は大石製作所の冬のボーナスで初めて買ったものであった。高くはないが私には大切な時計だ。

夕方帰宅した奥さんに子細を話した。翌々日の夕方、下請け会社の社長が供を連れやって来た。私に平身低頭し事情を尋ねたので、ありのままを説明した。

「ご迷惑をお掛けしてまことに申し訳ございません。しかし、前途ある社員に直接問い質すこともためらわれます。今後、このようなことが起こらぬように、社員の動向を注意して見極めようと思っておりますので、何とかお許し願えないでしょうか」

差し出された時計は私の物より数倍も高価な品に見えた。まさか社長自らやって来るとは思わなかったが、社長の弁明も一理ある。私は快く受け取った。

しかし、帰って来た主人は、

「美江ちゃん、これは受け取る訳にはいかない。明日返すので預かるからね」

微妙なニュアンスを含んだ物言いをした。その言葉の微妙さは、まるで私のミスだと言わんばかりである。

確かに家の中へは上げるな、と言われたにもかかわらず通してしまった私が悪い、かもしれない。スッキリしない胸を抱え、私は引き下がるしかなかった。

数日後に奥さんは、時計を買うようにとお金をくれた。同じ時計屋へ寄り同じ品を求めた。だが、同じ品でも前のようにしっくりと腕に収まらず、刻を正確に刻んではくれなかった。

窮屈な生活を強いられている私に、ある日電話が掛かった。相手は待ち焦がれた人からであった。


「はい、深田でございます」

「和倉さんをお願いします」

「私ですが、どちら様でしょうか」

「僕が誰だか分かりますか?」


私はてっきり大石製作所の誰かの悪戯だと思った。で、私も悪戯っぽく答えた。


「あら、毛利君?」

「違います」

「じゃ、高橋さん?」

「違います。当ててください」


知り得る限りの知人の名を挙げたが当たらない。さて、と行き詰まってしまった。まさかお兄さんではないよな。それでも、最後に大切な人の名を小さな声で呟く。

「はい？　何て言ったの？」

「まさか……、桐生さんではないですよね？」

蚊の鳴くような声で尋ねた。

「はい、正解です」

その時の気持ちをどう説明すれば良いのだろう。驚きと共に信じられない展開に、次の言葉が咄嗟に出て来ない。

「本当に……桐生さん？」

やっとの思いで聞き返す。その後のやり取りはもう天にも上った気持ちで、舞い上がったまま終えた。幾日か後に会う約束を交わすのだけは忘れずに……。

長い間待ち焦がれた彼からの電話。電話を切った後も、まだ俄かには信じられず、夢の中の出来事のような心持ちであった。彼と再会するまでの数日間は夢見心地で過ごし、前夜は嬉しくて眠れぬ程であった。

私は彼を日記の中では〝お兄さん〟と呼んでいた。本心は〝智さん〟と本名を呼びたかった。しかし、何故か分からないが本名を呼ぶことは、気恥ずかしさが伴い呼べなかったのである。

京都で出会った瞬間に、私は彼に惹かれ、図らずも恋心を抱いた。

彼が留学している間に何通かの拙い手紙を投函した。大陸を移動している彼の手元に、私の手紙が届いていたかどうか定かではないが。

兎に角こうして無事に彼は帰国し、連絡を寄越してくれた。素直に嬉しい。

その後、彼は度々誘いの電話を掛けてきた。だが、彼の誘いにすぐには返事が出来ないもどかしさが、私を苦しめる。

「行きたいんですけど、行けないんです」

「どういう意味？　それ」

どう答えれば良いのか。私の説明不足で、彼は私が深田家に預けられていると思っている。この頃の私は心の何処かが気弱で、彼の勘違いを訂正する勇気がなかった。お互いの意思が行き違い空回りする。

「監視が厳しいんだね。電話をすればすぐ会えると思った」

悲しくなってしまった。それでも何とか彼は理解をしてくれ、葉山の海から戻ったら連絡を寄越すと言ってくれた。

ようやく会える。彼とは山手線の目黒駅、ホームの階段付近で落ち合う約束だ。私は丹念に身だしなみを整えた。長い髪はポニーテールに結び、服は黄色で地模様入りの手作りワンピース。何度も鏡に姿を映し確認する。手にはこげ茶色の可愛いバッグを持った。

高ぶる気持ちを黄色いワンピースに包み、電車に乗った。奥沢からなので、目黒まではさほどかからないで着く。改札口の向こうで彼は待っていた。日焼けした顔から眩しい程の白い歯が零れ、彼の眼差しが私を見つめる。

駅近くの喫茶店に入った。外の熱さを忘れさせる店内の冷房。店内は混み合っていた。小さなテーブルを間に向かい合う。彼はアメリカでの出来事を、とうとうと語り聞かせてくれた。様々な土地での文化の違いや、出会った人々との交流など。当時上映されていた映画「男と女」の話。それからある女性との出会い。もしアメリカに住む予定であったなら、結婚をしたかもしれない等々。チクリと胸が痛む。

私だってあなたを、ずっと待っていたの――。口に出してそう言いたい、でも口にする勇気がない。その夜は喫茶店を三軒梯子した。気がつけば外は既に日が落ち、街灯が瞬く。三軒目の喫茶店で話が途切れた時、今まで胸の奥に秘めていた想いをためらいがちに口にした。私としては清水の舞台から飛び降りる心境で。

「今夜は帰らなくてもいい」

私の一生に一度だけのセリフだった。そんな私を大人の彼は優しく諭す。

長年の想いは成就しなかった。原因は多分、私にある。男女間の恋の駆け引きをするには、私の精神年齢があまりにも幼すぎた為であった。二人の間にこれからどんな展開が待っているのだろう。

「遅くなったね、家まで送っていくよ」

あくまでも紳士的に彼が言う。その申し出を私は頑なに拒んだ。わざわざ送って貰うのは申し訳ない、そうすれば彼の方が家に帰るのが遅くなってしまう、と考えたからだ。

この時の私の判断がもしかしたら、その後の人生の別れ道だったのかもしれない、と思う時がある。彼は送りがてら深田家に、挨拶をしようとしたのかもしれない。そして、私との交際の許しを得る積りだったのではないだろうか、などと虫の良いことを思い描く。

初めてのデートはやっぱり夢の中の出来事のように、甘く切なく幸せな香りを漂わす。彼は私を大切に思ってくれている、そう分かっただけで胸がいっぱいになった。

その後も彼は時々連絡を寄越したが、彼の希望通りにはいかなかった。何せ私は深田家に雇われている身である。おいそれと休みを取れる筈もなく、申し出ても却下された。大事な娘を預かっている、の一言で。

当時の私は、現在と過去の言葉遣いからは想像もつかぬ程、綺麗な日本語を喋っていた。上流社会の生活を深田夫妻と共に過ごすので、自然と慣らされていったのかもしれないし、私は自身をそのように仕上げていったように思う。

私は無上の幸福感に浸っていた。彼から連絡が来た時の喜びを私は、E・ヴェルアーランの長編詩「午後の時」の中の一節、〝今は善い時〞で表現し、日記帳にしたためた。

今は善い時　ラムプのつく時　何もかも　こんなに静かで　安らかな今宵　羽の落ちるのも聞こえそうな　静けさ

から始まり、四節目の、

薄れゆく愛燐の言葉の思い出に　心はたちまち花咲き　感動に捉えられる

で締め括られるこの一編は、私自身を表しているようで好きな詩である。

この年は世界の様々な場所で激震が走った。ロバート・ケネディ議員、キング牧師が時を経ずして暗殺された。

私は桐生さんと会う約束をする前に、白内障の手術を決めていた。女医はまだ少し早いと言ったが、私の顔色を読み承諾してくれた。急いだ理由はこの生活にほとほと嫌気がさしていたのと、早く自由になる為である。

あれ程、恋い焦がれた人とのたった一度の逢瀬は、彼が連絡を寄越した時から〝叶わぬ恋〞として走り始めていたのかもしれない。

九月十九日、手術は局部麻酔で始まった。角膜を部分的に剥がされると、海の底から海面を見ているような感覚。厚い摺り硝子越しにぼんやりと影が映り、耳かきのような物が近づき黒い瞳を掬い取っていく。痛みはない。気の遠くなるような時が経過し無事終了。後は手術部分が安定するまで三日間、ベッドで砂枕を顔の両側に置かれ安静に過ごす。

お小水が出ない。隣のベッドのお婆ちゃんが、お腹を温めたり冷やしたりすれば出る、と言うのでつき添い婦と母で交互に冷やしては温めたが駄目。ますますお腹は膨らみパンパンになった。唾は出るわ、冷汗は出るわ。我慢の限界は極限に達していた。

「自分でトイレに行けば、ちゃんと出るから」

苦しくて訴えたが却下。歩けば手術は失敗してしまう。しばらくして女医が、

「あらあら、美江子ちゃん、お小水が出ないんだって？」

私のお腹を見て、流石に表情を曇らせる。

「ちょっとチクッとするけど、我慢してね」

管を通しお腹をゆっくりと押す。その心地良さは筆舌に尽くし難い。女医がお腹を押す度に、お小水が管を通り尿瓶へ溜まる。やがてお腹がすっきりとなった。

母が三通の手紙を持ってきた。一通は桐生さんから。嬉しくて昼食が喉を通らなかった。入院中は大石製作所の奥さんや、同僚が次々と見舞いに訪れた。とても嬉しかった。

二十日あまりの入院で費用は千二百四十円。三万円を用意して足りるのかと思っていた

のに。これも製作所の社長の好意で休職扱いにしてくれ、保険証が使えた為と感謝した。また深田家での退屈な生活に戻る。

静かな午後に私は色々と物思いに耽る。自分の本能に従い京都を発った。それから流れた歳月。東京に来て良かったのだろうか、答えは何処にもない。

ミサちゃんから電話で、十一月初旬に見舞いを兼ねて艶子さんと上京すると言う。楽しみが増えた。彼女達が来る五日程前に眼帯が取れる。当日は上野駅に迎えに行き、霞が関ビル、高島屋、途中で昼食を済ませ文京区の六義園へ。その後は新宿へ出るも人の群れで疲れただけだった。夕方、住まいの近くの宿へ案内し翌朝迎えに行った。しかし、入れ違いで二人はいない。家へ戻ると待っていて三人で大笑い。私が案内した宿は連れ込み宿だったらしく、こんなことやあんなことがあった、と話してくれた。それから二子玉川園へ行き菊人形を見物した。

汽車の時間まで上野公園を散策し、三時半の汽車に乗せて別れた。友とは有難いものだ。

数日後、生命保険の人が、結婚しないかと相手の写真を持ってきた。その後も日通の人から私へ結婚話が入るが断る。どうして私に結婚話が次から次へと来るのか不思議だ。

そんなこんなで昭和四十二年は、揺れる心を抱いたまま残りの日々を送り、年末年始は伊豆高原の別荘で迎えた。伊豆高原から戻った翌日、長野へ少し遅い正月休みで帰省することとなった。夕方近くに桐生さんへ電話するも不在で、彼が昨年の十月から期限付きで東急に勤め出したことや、卒業後は外国を専門に添乗する旅行会社に就職すると、電話に出た彼の母親から聞いた。

二度目の膜を切り開く手術も成功し、女医の顔や指五本もはっきり見える。大石製作所へ病院の帰りに立ち寄る。皆元気で、社長は入院中の傷病手当を申請してあると言ってくれた。社長は私に出来る限りの温情を与えてくれる。有難さがほのぼのと染みとおる。

約二週間入院して退院後は経過を診るという。私は深田家の都合に合わせ、お手伝いの仕事を辞めた。その足でお世話になった大石製作所の社長へ退職を申し出た。

ハードコンタクトの挿入練習が始まった。病院でコンタクトを買い、実家でも挿入の練習を始めた。両方の視力がほぼ同じくらいになるので楽だ。

長野は毎日雪の日が続き、今朝は二十センチも積もった。目の方も安定してきたので、そろそろ働こうかなと思い、三月の終わりに長野を発った。

上野駅で新聞を広げた時点で目についていた。求人欄の中に一際太めの文字があり、場所は池袋駅から二、三分の大衆割烹。翌日の午後に指定された時間に店を尋ねた。目的のビルは地下一階から九階まで、全て娯楽の施設で占められていた。

通りから〝福助〟と書かれた看板を見つけ、階段を上り、店の入口の硝子戸を押す。薄暗い通路のようなフロアを、水色のフレアのワンピース姿の私は背を真っ直ぐに伸ばし、店構えを目の端に捉えながら奥の事務所へ向かって進んだ。店の中央はカウンター席で楕円形をしており、数人の男性が、開店に向けての準備に忙しそうに立ち働いている。

通路沿いの壁側はテーブル席、座敷、調理場などに仕切られている。事務所には蝶ネクタイをした小太りの男性が待っていた。面接を終え、私はそのまま働くことになった。

大衆割烹は初めての経験である。戸惑いながらも仕事につき閉店を迎えた。寮へは糸川福恵という、同じ年頃の娘と一緒に向かった。彼女は目鼻立ちのはっきりした美人だ。寮は西武池袋線の東長崎で下車し、駅から二十分以上も離れた千川にあった。やっとの思いで辿り着きその夜から糸川さんと布団を並べ寝る。

仕事中はハードコンタクトを装着した。だがすぐに装着をやめた。目とコンタクトの間に見えないゴミが入ってしまうと、痛みと涙と異物感で目を開けていられない状態に陥る。装着しなくても不自由は感じないが、器を置く際に五ミリ程度の段差が生じる。私はさりげなく小指をコップや器の下に添えるようにして音が立つのを防いだ。

店は連日忙しく、入れ替わり立ち替わりよく客が入る。仕事にはすぐに慣れ、六つに仕切られたテーブル席を任された。また年齢が近いせいか同僚と親しくなるのも早かった。私は特に糸川、今野明美と仲良くなり、仕事前や閉店後の終電までの時間を、二階の喫茶マジソンや近くの白十字でコーヒーを飲み、ホットケーキをつまみ、暇さえあれば他愛ないお喋りで時間を費やした。

京都から上京して以来、ただ仕事のみの状態は初めてだった。心の中は空っぽで夢すら湧いて来ず、先へ進む目標を見失っていた。何とかしなければ……と思うのだが、その糸口が見つからない。

五月に社員旅行があった。目的地は熱海。天気は上々で糸川さんと寮を出て池袋で他の従業員と合流し東京駅へ。新幹線で熱海まで行く。宴会が済んだ後は暇なので、ボウリングでもしようかという話になったがこのホテルにはない。隣のニューフジヤホテルにあるというので糸川さんと出掛けた。何処もかしこも満員で待ち時間は？ と見ると、あまりにも長いので諦めた。

しかも外国人が沢山いて慣れない雰囲気だ。ボウリングを楽しんでいた黒人と白人のアメリカ人が声を掛けてきた。話せるかと聞くので少しならと答えた。凄い度胸だ。ちょっぴり齧っただけなのに。

一緒にボウリングをしないかと誘われ承諾した。ちゃっかりと〝福助〟の数人も便乗し、結構な人数でゲームを楽しんだ。

白人の男性がしきりに声を掛けて来る。結局帰り際に明日のデートを約束。翌日は朝食の前に海岸を散歩しようとホテルを出たが、糸川さん達に置いていかれる。玄関先で、どうしようかと思案しているところへ、秋元さんが出てきた。同じ職場で彼はカウンターの中での仕事だが、私は何となく苦手な人だった。というより彼の持つ雰囲気や性格が嫌いだった。

どうしたのだ、と聞かれ、置いていかれちゃった、と言うと、

「行き先は分かっているから一緒に行こう」

「本当？」

疑い深い返答を返す。彼はさっさと歩き出す。仕方がないので一緒に歩く。街角の果物店でレモンを買い、彼はガリリとかぶりつく。気障な男。冷たい目でチラリ。こっちだと言うのでついていったが姿は見えず。海岸に出たものの誰もいないじゃないか。

「写真を撮ってやるからカメラを」

しぶしぶと海を背に岩場に立つ。結局誰とも会えずにホテルへ戻ったら、糸川さん達は既に部屋へ戻っていた。

朝食後に時間を見計らい、今野さん、糸川さんとニューフジヤホテルへ。アメリカ人の

名前はレニー・ガーデンといい、彼は兵役の最中であったが、休暇で日本へ来ていた。

彼が従事していたのは〝宣戦布告なき戦争〟〝勝者なき戦争〟と呼ばれたベトナム戦争で、アメリカは一九六五年二月に本格的爆撃を開始し、一九七三年にベトナム和平協定が締結されるまで続いた。

この激動の只中に私は熱海でレニーと知り合ったのである。米国は兵士達の脱走を防ぐ目的で数か月ごとに、休暇と称し数日間を日本や他の観光地へ送り込む。レニーもその休暇の最中であった。

ホテルの前で合流し海辺へ向かう。海辺に行くと不思議なことに調理の男性従業員と秋元さんがいる。英語が分かるのか秋元さんが教えてくれた。

「レニーが結婚したい、と言っているぞ」

会ったばかりなのに変なアメリカ人。この時レニーは二十歳、私より二歳若い。何となく昼過ぎまでつき合い、東京での再会を約し別れた。

二日後に東京駅の八重洲口で今野さんと合流し、レニーを捜した。バッグの中には英語辞書を忍ばせてある。レニーは一人でやって来た。東京タワー、皇居など近場を案内して歩く。ほとんど喋れなくても何とか通じるものだ。レニーは五日後にベトナムへ出発するとか。九月にはまた日本へ休暇で来ると言う。友達の約束を交わしレニーを東京駅まで送る。

五月の中旬にレニーから小包が届いた。開いてみると真珠のネックレス。小粒の真珠が葡萄の房の形になっている。可愛い。添えられた手紙には東京を案内して貰ったお礼と、日本でもう一度私に会いたい、と綴られている。私も辞書と首っ引きで手紙を書き始めた。書き終わらないうちに、また手紙が届く。今度はびっしりと綴られていて、それによると彼は衛生兵として兵役に就いているらしかった。戦争の悲惨さが手紙を通して伝わる。将来は母国で医療の仕事に就きたいと記されていた。

レニーとの手紙のやり取りは十月初旬が最後だった。休暇で日本へ来るという手紙が届き、来日を待つ間もなくアメリカは、米軍を撤退する方向へ動き出していた為に、楽しみにしていた休暇が突然変更になり、そのまま本土へ戻ってしまった。最後の手紙にはアメリカの住所が記載されていたが、出した手紙の返事は来なかった。

私はレニーを通してベトナム戦争という、歴史の中の一ページを垣間見た気がする。

運命の糸　愛の行方

短い時間の中で私は自分自身を追い詰めていった。それ程私は桐生さんに傾倒していた。求めても叶わぬ想いであることは既に熟知している。だけど諦めきれない。忘れられない。自分がこれ程一途で純情だとは思わなかった。

暑い夏に入った。副支配人が、同じビルの中にある店舗の仲間同士で泳ぎに行こうと誘ってきた。最上階のパブの女性も一緒だというので承諾した。

当日、集合場所で驚いた。女性は私と彼女の二人だけで、後は十四、五名の若い男性ばかり。貸し切りバスの中は賑やかこの上ない。

仕事が引けてから、出発したので真夜中に到着。会社が借り切った湯河原の海の家に落ち着いたが、私達女性の居場所がない。夜が明けるまで二人とも洋服のままで部屋の隅で横になったが、野獣の檻に入れられた子猫のような気持ちで、眠気など何処かへ吹っ飛んでいた。

更に悪ふざけの積りか酒の勢いか、男性陣の卑猥な言葉が飛び交いまんじりともしない。それでも明け方近くになると馬鹿騒ぎも静まり、どのくらいかウトウトした。

翌日はどんよりした中途半端な陽気だが、私は濃い薔薇色のセパレートの水着に着替え、彼女と浜辺へ出た。狭い砂浜は既に大勢の人々で賑わっていた。甲羅干しをする人、パラソルの下でくつろぐ人など様々。濁った海水はそれでもかすかに水色を留め、砂浜に白波を打ち寄せては返す。ある者は泳ぎ、ある者は海水に体を預け、漂ったり、浮き輪にすがる者など、大人も子供もそれぞれの夏を謳歌している風景がそこにはあった。

こんがり焼こうとサンオイルを塗ってみたものの、ぼんやりした陽では思うように焼けない。泳げない私は波と戯れながら刻を過ごすが、退屈で仕方がない。遠浅の海の向こうに浮き玉が幾つか浮かび、ロープで海水浴場は囲われている。砂浜とロープの中間に飛び込み台が設けられていた。そこまでは何とか辿り着ける、と踏んだ私は、彼女に断り海へ入った。

爪先を立てて進む。辿り着き、台から数度飛び込んだ。泳げないが潜るのは嫌いではない。

ぶかっと顔を出した目の前に秋元さんが近づいてきた。

「向こうまで行ってみよう」

境界のロープを指差す。海水の色が違う。深さがあるのだ。

「私、泳げないから」

「大丈夫だ、俺が連れていってやるから」

行かない、と断っても彼は私の言葉を無視し、強引に腕を掴んで泳ぎだした。足が海底から浮いた。もう怖くてたまらない。やっとの思いで浮き玉にしがみつき、きつい目をして彼を睨みつけた。だが意に介するふうもなく、

「怖いと思うから怖いだけで、海なんかちっとも怖くないいんだぞ」

涼しい顔でうそぶく。私に聞く耳などありはしない。

「もう帰るから、戻って」

プンプンしながら叫ぶ。勝手に深い所まで連れて来てこの馬鹿、一人じゃ帰れないじゃない。腹が立つ。帰りがまた大変だった。掴みたくもない彼の腕にすがり、息も絶え絶えに砂浜に戻った。大嫌い！　ますます彼が嫌いになった。

そのうちに、仲良くなった糸川さんも今野さんも店を辞めてしまい、仕事に張りが出ない。

カウンターの中に田辺さんという男性がいた。彼は真面目で思慮深い人だった。すぐに打ち解け友人になった。

彼には婚約者がいて、長年の交際の末にやっと結婚するという。仕事が引けた後に、恋人同士のように腕を組みながら、今野さんが勤めるパーラー宮川へ時々出掛け、お茶を飲んだ。

夏空も通り過ぎ涼風が立ち始めた。気紛れに変わる秋空のように、私の心もまたうつろなままで日は流れた。

九月の終わりに、良き相談相手の田辺さんが店を辞めた。大塚にある叔父のラーメン屋を手伝うことになったという。駅から近い場所にあるから、いつでも遊びに来いと言ってくれた。

もの想う秋の入り口で天井を見つめため息をつく。いったい人生って何なのだろうと答えの出ない問いを考える。悩みばかりがありすぎて、それだけで私の青春は終わってしまうのだろうか……。

くよくよしていても始まらない。気持ちを切り替え、藤沢君に手紙を書き始めた。もう何年経つのだろうか。京都の観光旅館から始まった文通は、私が転々と職を変わっても続いていた。彼とのつき合いは文の中だけだが、いつも私を励ましてくれる。目の手術前に不安な気持ちを綴って出した時、彼はやっと私と心が通じたと喜んでくれた。私を大切に思ってくれている彼の気持ちを知りながら、その優しさにいつも甘えていた気がする。

その藤沢君との別れは突然にやってきた。私が真夏の暑さに浮かれている頃、彼は人生で最大の決断をせざるを得ない状況に陥っていた。手紙には切々とその苦しい胸の内が綴られていた。

藤沢君には自衛隊に勤める兄がいた。その兄の乗った自衛隊機が基地から飛び立ち、墜落してしまった。兄の突然の死は、彼のこれまでの人生を根本から覆す程の衝撃を与えた。夫を突然失った、兄の妻子の行く末を案じ、彼はどうすべきか真剣に悩んだに違いない。

私はこの手紙に書かれていない、文字の意味を暗黙のうちに了解していたように思う。彼ならきっとそうするだろう、と。何せ高校時代の彼は応援団の団長だった。彼の選択はどんな時も正しいと私は信じているから。

〝僕は真面目な高校生。だから僕と文通しましょう。タノム〟

初めて届いた手紙の文末に、こうしたためられていた。あれから長い刻が流れた。

あなたが過ぎ去った青春時代を懐かしんだ時、その中に私はいるのだろうか……と、漠然とした思いが私の脳裡を通り過ぎていく。

同棲時代

海水浴に出掛けた数日後から、閉店後に秋元さんの仕事を手伝うようになった。今までは年長の女性が手伝っていたのだが、どういう訳か私に変わった。きっと秋元さんの仕業なのだろう。いやいや手伝う。

テーブルを挟んで向かい合わせに座る。手順は秋元さんが教えてくれた。その日の客数と総売り上げ、一人当たりの客単価、各受け持ちの売り上げと客数、一人当たりの客単価などを集計する。

「ずっと計算しているけど、いつも和倉さんの受け持ちの客単価が一番高い」

「へーえ、そうなの」

成程、レシートを部屋ごとに集計し人数で割れば、一人当たりの客単価が出るんだ……。知らなかった。そんなことを気にしないで接客をして来た。

毎日顔を突き合わせているうちに少しずつ打ち解けてきた。しかし、相変わらず嫌いな人種であることに変わりはなかった。ところがどういう訳か終わった後に、白十字でお茶を飲むことになった。小さなテーブルを挟んで私は、ある人を追いかけて東京に来た話をしていた。

「ちょっと、あんた！」

突然、怒声が飛んで来た。ふと顔を上げた途端に、

「よくも人の亭主を盗りやがって！」

の叫び声と共に、コップのお冷を勢いよく顔に掛けられた。ビックリして顔に掛かった水を拭いながら、思わず立ち上がった。

「何をするんですか」

訳が分からなかった。水を掛けられるいわれなどない。中年の女が空のコップを手に仁

王立ちしている。私も女を睨んだ。そこへ慌てて飛んで来た副支配人が、

「悪い、悪い。この女性酔っているから」

と言いながら彼女の腕を強引に掴み引っ張っていった。憤懣やるかたない、とはこのことであろうか。身に覚えのない濡れ衣で顔に水を掛けられ怒鳴られて、私の憤りは秋元さんへ向けられた。

「何なの、あの人」

彼が何と言ったのかは覚えていないが、話の続きをする余裕はとっくに失せていた。

「帰るわ」

慌てて彼も立ち上がる。出口に向かってプンプン怒りながら歩いた。向こうの席から女が私を睨んでいる。私も睨み返した。会計を済ませた秋元さんは、タクシーを拾おうとしている私に声をかけた。

「送っていくよ」

「いいわよ、私一人で帰るから！」

私の剣幕に呆然としているふうの秋元さんを残し、さっさと車に乗った。最悪な夜の出来事であった。あんな人とお茶をしなければよかった、車の中で後悔をした。

「あの女の人、誰なの」

翌日の夜、集計をしながら顔を見ないで尋ねる。

「さあ、知らない女だ」

嘘ばっかり、水商売の年増女を調子よく騙したんでしょ。頭の中で悪態をつく。

無性に何かをしたくなった。そこで私は、再び生け花を習い始めた。文京区にある古流松瀞会に決めてはみたものの、京都未生流とは全然違う。また基本から習わなければならない。が、お花の稽古は楽しい。

寮に活ける場所はないので、支配人の許可を得てカウンターの中央に活けさせて貰った。ところが時々手直しがされている。誰がしているのか分からなかった。家元夫人が裏千家の茶の湯を教えているので少し遅れて入門。

白十字で水を掛けた女は、時々、客として来てカウンターに座る。帰りはべろべろに酔っ払い、千鳥足で帰っていく。二度とお店に来ないでください、玄関を出た所で叫んでも、懲りずに来る。顔が合うと憎々しげに私を睨む。私も負けてはいなかったけど。

「寮はいつまでもいる所ではない。生活が落ち着くまでの一時的な場所に過ぎないんだよ」

ある日、支配人が言う。カチン。頭に来た。一刻も早く寮を出ようと探し始めた時に、入社して三か月目の社員が隣の部屋が空くと言うので、大家を紹介して貰い契約を済ませた翌月に引っ越した。荷物は田辺さんが自家用車で運んでくれた。

上京して初めての一人暮らし。賃貸契約をする際に、

「洗濯物を干す場所は貴女の部屋の窓の外にあるので、時々部屋へ入るけど承知して」

が、家主の奥さんの条件だった。

部屋は六帖間の角で障子を挟んで廊下があり、軒下には物干し竿が取りつけてある。窓の下は何処かの会社の瓦屋根が続き、見晴らしも良く布団も干せた。また近くに小さなスーパー、銭湯があるので便利だった。

いつものように閉店後の集計を手伝っていた。あの事件があってから、私は秋元さんと外で会うことはなかった。

「正月休みは田舎へ帰るのか？」

伝票を繰りながら聞く。

「今年は帰らない」

「何か予定でも入っているのか」

「別に」

深く考えもせずに答える。私が夏に長野へ帰ったことを彼は知っている。例年通りなら正月も帰省していた。だが、何故かこの正月は帰ろうという気が全く起きない。私の中で

何かが起きて来ているのだろうか。それが何なのかも分からない。

「予定がないなら、旅行へ行ってみないか」

「行く訳ないじゃない」

「そうか」

それきり秋元さんは何も言わずに淡々と伝票を処理していった。私も与えられた仕事を黙々と続けていく。

私はまだ桐生さんを忘れられないでいた。私にとり彼は永遠に愛しき人である。苦しい時も悲しい時も、心の中でひたすら面影を追い求め続ける。壁に突き当たれば人生って何だろうと嘆き、また開き直ったりしながら、終着のない青春を手探りで歩くしかなかった。

暮れも近づいた日の閉店後、いつものように秋元さんと二人で作業を始めた。

「ねえ、あの旅行の話ね。誰かと行くの?」

何気なく聞く。実家へ帰る気のない私は、正月休みを持て余していた。友達の糸川さん、今野さんも、それぞれ用があるらしく一緒に過ごせない。どうしようかと考えた時に、以前誘われた旅行を思い出した。もう駄目だろうと覚悟はしていたが、彼の返事は簡単だった。

「いや」

「じゃあ、私を連れていって」

それだけであった。この時の私は、彼は単なる同僚であり男性とは見ていなかったのである。初めからずっと彼を毛嫌いしてきたのだが、どんな心境の変化が生じたのか私にも分からない。ただ成り行きで連れていって、と口をついて出たに過ぎなかった。

三十日は九時で営業が終わる。後片づけを済ませると、座敷で福助の忘年会が始まった。秋元さんは同僚の目を盗み私に紙片を寄越す。女性従業員は二時間程で切り上げ解散した。紙片には白十字で待っているようにと記されている。二階の席で待つがなかなか来ない。白十字も営業時間が年末で早めに閉店となった。公衆電話から連絡を取った。必ず行くので待っていて欲しいと言われた。歩道の柵により掛かり待つ。

深夜の街角は酔客が大方だが、ホステスも忘年会帰りの人々も賑やかに通り過ぎる。段々と酔いが覚め、真冬の寒さが体の熱を急速に奪っていく。灯りが消えた白十字の歩道の角で寒さに震えながら待った。人通りも少しずつまばらになり、やがて途絶えた。隣の店に清掃をする作業員が数名やってきた。室内の灯りがやけに温かく目に映る。ずっと立っている私に、見兼ねたのか、声をかけてくれた。

「中へ入りなよ。温かいもの作ってやるから」

躊躇している私に、

「誰かを待っているんだろう？　終わるまでだけど入んな」

優しい言葉だった。有難くカウンターに座る。煌々と燃えるストーブの暖かさに救われた気がした。

男性は素早くホットオレンジを作ってくれた。冷えた両手にグラスから温かさが伝わる。ごくりと飲み下した液体は体の隅々に沁みていった。ほっとしたのも束の間で、清掃作業は呆気なく終了し、彼らは次の仕事場へ去っていった。純毛のロングコートを着ているものの、底冷えのする空気の冷たさに体の感覚が麻痺していくのが分かる。

いい加減、帰っちゃおうか――。幾度となくそんな思いが過ぎるが、立ち去ることが出来ずにいた。

秋元さんが姿を現したのは四時に近かった。彼は遅くなったと詫びた。タクシーで中野区の彼のアパートまで行き、またタクシーで私の部屋へ立ち寄る。着物に着替え、再びタクシーで上野駅へ向かう。

行き先は何処でも良かったが、まだ聞いていない。上野駅は帰省する人々でごった返していた。急行の車内も、押すな押すなの人の群れで溢れている。一睡もしていない私は疲れていた。真冬の寒空の下で立ち尽くしていたのだ。当然のように風邪を引き、熱まで出てきた。車窓の外で夜は白々と明け始めていた。会津若松の駅からまたタクシーに乗った。

着いた先は芦ノ牧温泉だった。温泉街は雪にすっぽりとくるまれ、ひなびた雰囲気が漂う。

やっと宿に到着する。体中が熱っぽく全身がだるい。そのまま部屋で寝込んだ。部屋の中は火の気がなく寒い。布団をいくら掛けても暖まらない。宿の人に風邪薬を貰って飲んでも、熱は下がらなかった。

熱で朦朧となった耳に谷川の流れの音が響く。一日いても暖まらない部屋を、彼は変えて貰った。通された室内は明るく、ほっとする程暖かい。ようやく人心地がついた気がする。

芦ノ牧温泉には二日泊まり、帰りに駅の売店で茶托を求め、また満員の汽車に揺られて東京へ戻った。散々な正月休みであった。彼は私を心配してか部屋で看病してくれた。

その日を境に、彼は仕事帰りに頻繁に私の部屋を訪れるようになった。大家の奥さんに知られるのは時間の問題である。

日は流れ、夜中にやって来た彼は、

「もう、ここには来られない」

と私に告げた。私から来て、と頼んだ覚えは一度もない。こんな深い仲になっても、彼に対する特別な感情は少しも湧いて来てはいない。同じ時間を共有しているというのに……。

ある時、彼がぽつりと漏らした。

「お前は冷たい女だな」

職場で顔を合わせ同じ仕事をしていても、普段通りに淡々と日を送っていたに過ぎず、彼に対して熱い視線を向けることもなかった。それがどういう訳か、もう来られないと告げられた夜、感情とは裏腹に涙が零れ落ちたのだ。

それから私は真剣にアパートを探し始めた。二人で住む為の部屋を。

東池袋にあった麻耶荘は、すぐ横を都電が走る住宅街の中にある。春日通りから横路に入ると、割と静かな環境で騒音は聞こえない。麻耶荘は二階建ての木造家屋で、共同トイレが外についている。二階は五部屋あり私達は奥から二番目の四帖半に入った。台所の横に畳一枚分の押し入れがあるだけの部屋。ここから二人だけの生活が始まる。

引っ越したと伝えると、彼は野方へ荷物を取りに来てくれと言った。まだ春には少し間のある三月のことだった。野方までの道順を聞き出掛けた。明るい日差しの中を探しながら歩く。二階建て木造アパートの前に着いた。彼は黒のタートルネックのセーターとジーパン姿で待っていた。仕事着の姿しか印象にない私には、その姿は少しも馴染めなかった。

彼は年の近い兄と同居している。部屋は驚く程綺麗に片づけられ、男所帯特有の男臭さすらない。大きな旅行鞄とボストンバッグを持たされ、一人でタクシーに乗った。

夜、仕事を終えた私は一足先に帰宅し、彼が来るのをドキドキしながら待った。若干の不安が頭をよぎった。彼はいつだったか私に、〝方向音痴〟だと言ったことがある。新しい愛の巣は山手線の内側にあり、池袋からは明治通りを右折して春日通りに入る。その春日通りを直進すると都電荒川線の向原にぶつかる。踏切を渡ると変電所があり、その裏が麻耶荘であった。二階へ上がる階段は線路側の為、線路沿いが近道で分かりやすい。本来なら踏切を渡った次の路地を右折するが、ここにいる間は滅多に路地を利用することはなかった。

私の心配は彼が、道を間違えずに辿り着けるかどうかであった。

この頃、巷では由美かおる主演の映画〝同棲時代〟が反響を呼んでいた。〝同棲時代〟は漫画雑誌に掲載された作品で、一九七三年に映画化された。若い男女に愛が芽生え同棲生活を始める、何とロマンチックな展開ではないか。私もこの同棲という言葉に大いに興味を持ち、そんな人が現れてくれるのを期待していた。この時点で彼に対して愛があったとは言い難く、興味を優先した感がある。

「食事は全て手作りしてくれ。出来合いなんか出すなよ。それと俺を呼ぶ時は〝あなた〟と呼んでくれ。あんた、では品がないから絶対あんたと言うな。それからいずれ俺は北海道へ帰る積りでいる。帰ると言っても親の面倒を見る為ではない。俺は北海道が好きだから帰るんだからな。その為には三年間で三百万円を貯金する」

一緒に暮らし始めて間がない頃、彼は私にこう宣言した。その宣言を聞いた瞬間、私の気持ちは複雑に交錯した。うん、とは答えたものの、本気だったか、と言えば必ずしもそうではなかった。じゃあ遊びか？ と問われてもそうでもない。今まで歩いて来た人生で、これ程深くつき合った人は彼だけだ。

確かにあの時、〝私はこの人と一生歩いていくんだ〟と漠然と感じた。けれど感じたものの、それが真実なのかどうか私には答えられない。矛盾しているようだが本当にそうだからどうしようもない。そういう訳で私にした〝関白宣言〟とも取れる言葉に、私は戸惑いを覚えたのである。

複雑な気持ちを抱え、私は彼と同棲生活を始めた。しかし深く考えるのは私の性分に合わない。で、彼が私に対し真面目な気持ちであるのならば、やはり私も真面目に接しなければ、と気持ちを切り替えるのに時間はかからなかった。男と女の違いはあるものの、私はこの日々の営みにのまれ、次第にのめり込んでいった。

すぐ近くにスーパーが二、三軒ある。買い物に行くと店の従業員が、奥さん、今日はこれが安いよ、と声を掛けてくる。ドッキリ、嬉しさがこみ上げる。耳と頬を真っ赤に染め、気恥ずかしさで消え入りそうな気分で買い物をする。家でも外でも、すること為すこと全てが今までにない展開の連続なのだった。こんな満ち足りた生活があったのかと思う程、毎日が新鮮に映る。女として生きる喜びがそこにはあった。

共に生活をするようになって、同じ職場では働けず、以前から興味のあった喫茶店に移った。職場は〝福助〟とは反対側にある繁華街のロサ通りに店を構える〝和風喫茶東山〟だった。近くには池袋演芸場があり、月の家圓鏡等の当時大人気の噺家が出入りしている。時々若い芸人を連れて店にやって来ては、二階の座敷で時間を費やしていた。

〝和風喫茶東山〟は朝八時から深夜十一時までが営業時間である。早番・遅番の時間が選べるので私は夕方四時から勤め始めた。和風喫茶の制服は和服である。その和服も自前となっていた。

また、店の経営者は女性で東京では有名な人であった。どう有名なのかというと、自分の店を持つ為に無駄な金は使わずせっせと貯金に回す。客から貰ったチップや給料も必要経費以外は使わない。仕事を幾つも掛け持ちして寝る間を惜しんでお金を貯め、自分の店を持つに至った女傑である。その記事を私は何処かの雑誌で読んだ記憶があった。タイトスカートを穿き、己の身を飾るのを忘れたような地味な印象の女性で、パーマのかかる髪はパサパサ、常に口を動かしていた。何を噛んでいるのかと思うと、マッチの軸を噛んでいる。顔に出せないので心の中で驚く。

ある時女主人は、

「びっくりしているんでしょう。でもね、これだとお金が掛からないんだから。私なんかチップを貰ったら、慌てて隠して家に帰ってから枕の下に伸ばして敷いたり、アイロンで皺を伸ばし朝一で預けに行ったもんだわ」

と、自慢げに話した。目的の為には徹底して無駄を省いて、血のにじむ努力の末に成功したことを誇りにしていた。目の前の灰皿にはマッチの軸の無残な残骸が、山のように積まれていた。どうして私にそんな話を聞かせたのかは不明だが、地道な努力だけでは目的は達せられない、という事実を私に伝えたかったのかもしれない。彼女は他にも店を持っていた。

この後、私の歩む道の半ばで、もう一人の成功者の姿を垣間見る機会を得る。

店のメニューは扇子に書かれている。お客が席に座ると帯に挟んだ扇子をパラリと開き、

「お飲み物は何になさいますか?」

と尋ねる。他の店にはない斬新なアイデアがとても良い。扇子をぱっと広げ注文を尋ね

る時の快感は、今でも忘れることが出来ない。店内は仄暗く、琴の音がBGMで流れる。

二人の生活が始まってから毎日が充実していた。食事はお互いが夜の仕事なので、昼を少し過ぎた時間と夜中しかない。今日はどんなメニューにするか、新米の主婦としては毎日が迷いの中で買い物をした。彼は自分の好きな料理が出た時には、旨いうまいと言い全部平らげてしまう。その横で私は嬉しくて胸を詰まらせる。

一緒に過ごす日々の中で心の変化に驚きながら、彼に惹かれていく自分を止められない。嫌いだった人を好きになっていく、こんな恋もあるのだと初めて知った。

ところが、彼は私の感情とは関係なく、一直線に帰って来るような人ではなかった。同僚や客とのつき合いがあるのか遅く帰る時が多い。まあ、こんなものなのかと思い込むようにした。二か月くらい経ったある日、突然彼が聞く。

「もし、お前が俺の二号になれとか、別れてくれと言ったらどうする?」

「そのどちらかになるなら、私は死ぬわ」

即決で答えた。これは本心であった。私の涙を見て彼が何と言ったのか記憶にない。

四月の初めに彼は、葛飾に住む彼の姉の家へ私を連れていった。姉の涼子さんは日本人離れした美しい人で、初めて会う私に優しく接してくれた。

長野へ帰省するので手紙を書いていたら、彼が代筆をしてくれた。四日後、私の姉が突然やってきた。彼は姉に二十九日から長野へ行くのでよろしく、と言った。手紙の代筆もさることながら、一人で行く積りだったので一緒に行く、と言い出した時は驚きだった。どういった心境なの、あなた。寝耳に水のような展開に戸惑いつつ嬉しくもあった。

「今一番に何を望む？」

次の日の夜に突然彼が言った。尋ねている意味を測り兼ねたが、

「お嫁さんになりたい」

素直に答えたが、意表を突いた返事だったのか彼は黙り込んだ。

「明日から三日間帰らない」

ややしばらくしてボソリと言った。彼が何を考えているのか私には謎だ。私の性格は至極単純で分かりやすい。だが彼の頭の中は、私が理解するには到底不可能な程に複雑で難しい。一緒に暮らし始めてから、あまりにも難しい言葉で喋るので理解に苦しんだ私は、悩んだ末にお願いした。もっと私に分かりやすい言葉で喋って欲しいと。それからは私の目線に合わせてくれた。恋は盲目とはよく言ったものだ。こんな難しい人を私は愛してしまった。

答えは返ってこなかったが、月末に二人で長野へ帰省した。夜の食事の席で彼は、

「お父さんの息子になれるよう努力します」

などと巧みなセリフで父を喜ばせた。

翌日は父と姉と私達四人で山へ出掛けた。父が山に誘うのは機嫌が良い証拠だった。長野から戻り穏やかな日々が過ぎていく。ある日、〝福助〟で同僚だった男性から好きだと告白されたが、「一緒に住んでいる人がいるから」と断った。

遅く戻った彼にその話をした途端に、平手打ちが顔面に飛んだ。私は何気なく話しただけなのだが、彼にはそれが許せなかったようだ。男の心は全く理解不能である。しかし、私が不用意に発した一言が怒りを買ったのは確かである。私は悔やんだ。人間には事の善し悪しを判断し、噛み分けなければいけないことをこの時に悟った。頬が痛い。

月に何回か休日を同じ日に取るようにしていた。初めての休日の前夜は、お互いに子供のようにはしゃいで眠れなかった。午後の三時頃に起き出し、パチンコ、ボウリング、食事とコースをとる。食事の後は深夜映画。この頃は任侠映画が人気で、高倉健扮するやくざが義理と人情を背負い活躍する。ここぞの場面では観客席から〝よしっ〟〝よしっ〟と声が飛ぶ。画面と観客が一体になる瞬間、深夜にもかかわらず満席の場内は熱気が高まっていく。

私には彼に告白しなければならないことがあった。そのことを胸に秘めたまま、いつ話そうかとずっと心を悩ませていた。告白を聞いた彼は私の元を去るのではないか、そんな不安が常に頭の中にあったからだ。

ある日の夜、覚悟を決め白内障で右目を手術したことを俯きながら告げた。

「何だ、そんなことを心配していたのか。馬鹿だなあ。目が欲しければ俺のをやる」

彼はいとも簡単に返事をする。嬉し涙が頬を伝った。

「おい、親父が兄貴のところに来ているから、明日仕事が終わってから野方へ行くぞ」

帰宅し寝巻に着替えながら彼が言う。彼の父親は定年退職してから健康の為にマラソンを始めたらしい。今回はハワイまで行き走って来た帰りだった。

どんな心境の変化で私を親に会わせようとしたのか、理解は出来ないが悪い気はしない。素直に嬉しい。初めて会う、彼の父親と兄。いったいどんな人なのだろう。ドキドキしながら池袋の駅で待ち合わせた。東上線のホームへ向かう。駅構内を支える太い柱の一角に、〝福助〟の共通の同僚が痩せた女性と話し込んでいた。見覚えのある顔でやはり〝福助〟の女性だった。

「また源太が女を引っ掛けている。騙された女は気の毒だな」

冷めた目つきで言う。源太は東北の出身で、後に吉幾三という歌手がデビューしたが、顔立ちはその歌手と瓜二つだった。彼は吉幾三がテレビに出る度に、

「しかし源太にそっくりだなあ。あいつはどうしているかな」

と、吉幾三に源太の姿を重ね懐かしむ。しばらくして〝福助〟を辞めた源太は東北に戻り、縫製業を始めた、と数年後に耳にした噂を彼は私に聞かせた。あの駅の構内で柱にもたれ、話し込んでいた源太の姿。あの痩せた女性と一緒なのだろうか、時々ふと思い出す時がある。

薄暗い電燈の下で父親と兄は、お酒を酌み交わしていた。

「美江子だ。俺の親父に兄貴だ」

彼は簡単に父親と兄を紹介した。私は頭を下げ彼の横に座る。父親は寡黙な人なのかあまり喋らない。黙って兄弟の話に耳を傾け必要な時だけ返事をする。彼がトイレに立った隙に、

「幸夫と一緒になる積りなら、やめた方がいいと思うよ」

と、兄が気の毒そうな顔を向けて言い、父親は黙って同意しているような顔で頷く。

何故、そんなことを言うのだろう?――。言葉の意味を測り兼ね心の中で憤慨した。喜んでくれるどころかやめろ、だなんて。その非情な言葉に逆らうように、

絶対添い遂げてやるから――、と膝の上に揃えた手をじっと見つめ誓った。何故、血を分けた兄がそんな言葉を吐いたのか疑問が湧き、その疑問は心に引っ掛かったまま過ぎ

た。

彼が亭主関白なのは同棲を始めた時に知ったのだが、更に言い渡されたことがあった。
「毎日俺の財布の中身を確認し、一万五千円が欠けていたら、必ず補充してくれ」
ということは、財布の中身が常に一万五千円入っていなければならない。最初は何とも思わず補充していたが、これは大変なことであった。月によって額が変わる。二人が貰った給料でその月の計画を立て、しっかりと貯金をする。ところが彼の小遣いが一定額でないので、少しずつ支障が生じて来た。生活費が足りなくなったのだ。誰にも相談出来ず途方に暮れた。それを察した彼は何処からか五千円を工面して来た時に、私は小遣いの額を一万五千円にして欲しいと頼んだ。毎月一万五千円の範囲で彼にもやりくりして貰わなければ、生活が立ち行かない。

彼は時々突拍子もない質問を投げかけて来る時がある。今回は〝お前は俺に何を求めているんだ〟と問う。それに対して私は何と答えれば良いのだろうか。あの人が納得する言葉など思い浮かばない。彼は私に何を求めているのかさえも、私には分からないのに。

分からないけれど、彼は私が思ってもいない優しさを併せ持つ。

長野からミサちゃんが突然訪ねて来た。住所を頼りに尋ね当て、私がドアから顔を出すまで待っていた。突然訪ねてきた彼女を彼は黙って受け入れ、数日間を一緒に過ごした。どうしたの？　尋ねる私にミサちゃんは、「家を出て来た」と、ぽつりと漏らす。私は深く尋ねなかった。落ち着いたら仕事を探すだろう、と私は軽く考えていたからだ。

彼女は高校生の時に母親を亡くし、それからは家事全般を引き受けた。卒業後は就職をせずに家族を支えた。大変だっただろうが彼女にしてみれば、毎日が張りのある生活だった。

しかし、彼女の兄が結婚してからその生活は一変した。当然のなりゆきではあるが、兄嫁はミサちゃんから、日々の生き甲斐を奪う形になってしまった。その時の彼女の心境はいかばかりであっただろうか。真綿で首を絞められるように、自分の居場所を失くしていったと思われる。

居場所を失うのと並行して、自身も気づかぬうちに心までも病んで行ったのではないか。兎も角、数日を私達と共に過ごしたが、仕事を探す気配すらない。彼女が部屋を出た隙に、彼はこう言った。

「おい美江子、ミサ子少しおかしいぞ。こんな狭い所で一日中何もしないでいるじゃないか。それに黙って出て来たのなら親兄弟が心配している筈だ。あいつに内緒で田舎へ連絡してやれ。分かったな」

確かに私も彼女の意図が読めず、少し不安に駆られ出していたのだ。この都会で頼れるのは私しかいないのは分かる。分かるがこの四帖半ひと間で寝起きを共にするのは、少々無理がある気がした。買い物のふりをして私は駅前から、彼女の実家へ電話を入れた。

「突然いなくなったので、何処へ行っちゃったのか心配していたんです」

電話口からは、兄のホッとしたような声音が返って来た。

「それでこちらに来てミサちゃんと話し合って欲しいんですが。ミサちゃんには内緒で電話してます」

「分かりました。明日行きます」

翌日の汽車でやって来た。大塚駅で待ち合わせ、部屋へ案内した。兄妹は近くの喫茶店で話し合った。やがて彼女だけが戻り、

「美江子ちゃん有難う。お兄さんに色々話したら分かってくれたわ。それでね、一応長野に帰ってから、また東京に来てもいいって。今度はちゃんと仕事先を見つけて来るね」

嬉しそうな顔をして、いそいそと荷物をまとめて出ていった。

それから程なくミサちゃんは職安で仕事を探し、東京では有名な団子屋に就職した。一度新宿店に会いに行ってみた。彼女は昔のままの明るさを取り戻していた。

ミサちゃんの件が落着した前後から体調に変化があった。どうもつわりらしい。赤ちゃ

ん出来たと告げたが、彼の反応は冷たかった。

「子供はいらない。俺は子供なんか大嫌いなんだ」

生まれ育った環境がそう言わせるのか、それとも本当に子供が嫌いなのか。私は深く考えもせず従ったのである。以前住んでいた地域に産婦人科があった。私はそこで中絶の同意書を受け取り、彼に署名して貰った。

中絶当日、彼は一緒について来てくれた。まさか来てくれるとは思わなかったので、ちょっと意外な気がした。手術が済み、歩けない私をタクシーに乗せ、向原に向かう。都電が走る線路脇を、両手で抱え部屋まで運んでくれた。嬉しいような恥ずかしいような、それでも私はしっかりと彼の首に腕を回して体を預けた。更に彼は仕事を休み側にいてくれた。彼にこんな優しさがあったのは新発見であった。


日々の生活が軌道に乗ると私にも余裕が出て来た。店の二階の階段を上がった右側のカウンター席では、アルコール類が飲めるスペースが設けられていた。日給も喫茶よりは高い。私は異動させて貰い、勤め始めた。

バーの担当は、責任者で目玉が大きいメメちゃん、秋田美人の百合ちゃん、ちょっと年上の青木さん、一番若い真知子ちゃん、そして私の五人。馴染み客が多いので安心だ。

お客は友達感覚でやって来ては、アルコールとお喋りで楽しく時間を費やし帰る。久しぶりに帰りが遅くなった。部屋には既に灯りがともっていた。私より一足早く帰宅した彼に、晩酌の用意を済ませテーブルに座ると、彼はおもむろに話し出した。店の支配人に私のことを相談したらしい。支配人は、確かに私は家庭的な女かもしれないが、少なくとも秋元にとっては取るに足らない女である。心に大望を持っているならば、せめて短大出の頭がなくては務まらないと反対された。彼は支配人に、美江子でいいと言ったと言い、グラスを傾けながら意外な言葉を口にした。

「お前が〝福助〟に来た時に俺は、この女だ、とその時思ったんだ」

私は少なからず驚いたが、何か合点のいくものがあった。今までの出会いは全て必然的であったのだと。彼は最高の殺し文句を私に告げた。もう後戻りは出来ない。

何が一番大事かと問われ、私はあなたと答えたが、彼の言うには自分を大切にして彼を顧みない、ということであった。また悩みの一言が重くのしかかる。自分の無学さを今更悔いてもどうにもならない。

彼と暮らし始めてから、私は次第に自分に自信を持てなくなっていった。そんな私を見つめ、彼は深いため息をつき、「お前はやはり無理かもしれんな」と。「自分を大切にするということはどういうことなのか、よく考えておけ」と言う。自分を大切にするということとは、また彼自身を大切にするということくらいは私にも分かる。そうするにはどうするべきか？

ということが問題なのだ。

彼が私に何を望んでいるのか？　為す術がなく、毎日が手探りの状態で過ぎていく。

この年の十一月、三島由紀夫が割腹自殺をした。何だ、かんだと模索しつつ過ごした同棲時代の初年度は、「？・」の連続で彼の言葉に振り回され、暮れた。

何もかもが初めて尽くしの同棲生活。始める前はもっと楽しい日々が続くと思っていた。ところが私の選んだ男性は予想を遥かに超え、理解しようとしても凡人の頭では、理解しきれる筈もない解読不能な思考の持ち主だった。私はまだ、彼の心の内に隠された彼自身を探り当てられないでいる。そんな中でも突き放されたり、手繰り寄せられたりしながら、少しずつ二人の日常を築き上げていったように思うのだが……。

しかし、そう思っているのは私の独り善がりに過ぎなかったのだ。だが当時の私はそのようなことに気づく余裕など生じず、彼に翻弄されながら必死に相手を理解すべく心を砕いていた。

三年間で三百万のお金を貯める為に、彼は余暇の時間にバイトを入れた。

「主婦という者は、一円でも安ければ遠くてもそちらの店を選ぶものだ」

「今日のおかずを決めてから買いに行くのではなく、店へ行ってから安い物を見て決めろ。そうでなければ金なんかは、いつまで経っても貯まらないんだぞ」

女の私が感心する始末。成程そんなものかと納得はするが、近場の店を何件か物色するのだが、安い品はいつも安いので、すぐに諦めやめてしまった。

彼が〝福助〟の仕事以外にバイトを持ってから、私には一人でいる時間が増えた。何か出来る内職はないかと探してみたがない。やっと探した内職は通ったが、効率が悪いのでやめた。思い通りにいかないなあ、内職に目をつけたまでは良かったのに残念。

仕事仲間に大島という娘がいた。彼女は大学生と同棲中で、彼の授業料から生活費の全てを肩に背負って働いていた。年齢も近くてすぐに親しく話を交わすようになった。彼女はいつも楽しそうに相手の話をする。相手は翌年には卒業の予定であった。就職が決まったら結婚する約束であると言う。彼女の幸せそうな顔を見ると私も嬉しくなる。

ある日、そんな彼女がぽつりと、

「家に帰ったら家財道具がなくなっていたの。それっきり彼とは連絡がつかない」

ぱっちりした目に涙を溜めて言う。

「誰か知ってる人はいないの？　彼の友人とか」

「大学の友達に何人か聞いたけど、分からなかった」

ひどい男もいたものだ、突然姿を消すなんて。彼女は何の為に苦労したのだろうか。一人の男を愛し裏切られた。他人事とは思えず、さりとてどうしてやることも出来ない。

また彼が突然尋ねた。「真実とは何だろう」。

真実？　突然聞かれても咄嗟には答えようがない。一年の間に少しは揉まれて頭を巡らせることが出来た。彼の言葉の裏を探り、何かあったのかと問い質した。

彼が言うには、彼を好きな女性からこう言われたそうだ。

「私は心から貴方を愛している。だから貴方が結婚する時は、必ず私を招待してね」

「うんとお金を貯めて、もし私を愛してくれる人が現れたら、その人と結婚するわ」

それを聞いた彼は真実とは何だろうか？　と考えてしまったらしい。その答えを私に求めようとした。

考えれば答えは幾通りもある。愛する男を引き戻す為の言葉、もしくは本音とも取れる。女であればあっさりと諦める筈はない。私は内心穏やかではなかった。彼は綺麗な別れの言葉だと解釈をしていた。

私は京都で抱いた恋を想い出していた。長い年月かけて温め、待ち続けた人。あの時私がはっきりと心の内を伝えていたら良かったのか。心を残して消えた恋は切なく、いつまでも心に留まり、時折何かの拍子にこうして顔を出す。あまりにも純粋で幼過ぎたとしか言いようのない恋なのに。

今の私は、彼のより良い妻になる為の努力こそ、真実だと思っている。彼には私の知らない女性が何人いるのだろう？　彼の難解な問いに翻弄されている私。彼もまた男ならば持つ、大いなる志に翻弄されていたというのか。日本が高度経済成長期の真っ只中、いびつな男と女が出会い、都会の片隅でもがきながら、お互いに模索し合い出口を探している。私達はそんな間柄であった。

私が秋元幸夫という男性を意識した時、自分自身の心に誓った。生涯をこの人と歩んでいくと、そう決めたのだ。現代っ子そのものの飛んでいる私が、こんな古風な考えの持ち主だとは、本人の私でさえ知らなかったのだから。

これも、先祖から受け継がれてきた血筋の為せる技なのだろうか。縁があって結ばれた。たとえ何があろうとも一生添い遂げなければならないと。

♪嵐も吹けば　雨も降る　女の道よ　なぜ険し　君を頼りに　私は生きる……

大津美子が歌った、「ここに幸あり」である。この時の私は彼との生活を必死に生きようとしていた。

著者プロフィール
竜胆 一二美（りんどう ひふみ）
1947年1月、長野県に生まれる。
北海道在住。
子育てが一段落した1991年にワープロ検定2級を取得後、市内の婦人団体連絡協議会の書記を引き受ける。同年に市内の随筆サークルの会員となる。
2002年、FMラジオでボランティアとして、市民製作番組「快適生活塾ウーマンパワー」のパーソナリティを仲間と共に16年間続ける。
2009年、市民文芸誌の会員になり、2014年には同文芸誌に掲載した創作「笑顔の向こう側」で、第34回奨励賞受賞。

秘愁

2021年8月15日　初版第1刷発行

著　者　竜胆 一二美
発行者　瓜谷 綱延
発行所　株式会社文芸社
〒160-0022　東京都新宿区新宿1－10－1
電話　03-5369-3060（代表）
03-5369-2299（販売）

印刷所　株式会社フクイン

ISBN978-4-286-22789-4　JASRAC 出 2104473 － 101